ショートショートの小箱4

花咲町奇談

目代 雄一

書肆侃侃房

花咲町奇談

目次

Ⅰ章　大学の奇談

Ⅱ章　巷《ちまた》の奇談

Ⅲ章　小中学の奇談

Ⅳ章　救世主の奇談

Ⅰ章　大学の奇談

飛び出す絵本旅

　ボクは、おばあちゃんの誕生日に絵本を贈った。感謝の気持ちを込めた手作りの絵本だ。

　描いたのはおばあちゃんの恋しい故郷。高知の中心街をボクなりに表現した。文字のない絵本だけど、開くと絵が立体的に飛び出す仕掛けになっている。これで、おばあちゃんに故郷の旅を楽しんでもらいたい。

　ボクの母さんは、ボクが幼いときに病気で亡くなった。それを不憫《ふびん》に思ったおばあちゃんは、高知から上京して、幼いボクの母親代わりをつとめてくれた。おばあ

ちゃんは、

「旬《しゅん》は、そんなこと気にしなくていいのよ。おじいちゃんが亡くなって貧乏神に取りつかれたから、東京に逃げてくるしかなかったのよ」

いつもそう言って笑ってくれたけど、あれから一度も高知に帰っていない。いろいろ無理をしたせいで、長年の持病も悪化してしまったおばあちゃん。最近は一日中布団の中にいる。東京から高知までの旅なんて、とてもできない状態だった。

絵本のはじめのページは、高知城だ。

「まあ、お城が飛び出してきた。天守閣も追手門もよく作ったねえ。旬、えらいよ」

目を細めたおばあちゃんが銀歯を光らせた。

「これでも先生を目指す大学生だからね。図画工作の教材研究みたいでおもしろかったよ」

「そうなの。あら、一豊《かずとよ》の妻と馬の像まである」

「縮尺は適当だよ。絵本はファンタジーの世界だからね。昔にもどるページもあるよ」

「まあ、そうなの。あたしが高校生のとき、お城の周りを走ったの。冬の体育の時間だったわ。おじいちゃんはマラソンが得意でね。いつも一番でゴールしていたわ。

隣町の花咲大に進んでからは、当時は珍しかったボランティア部を立ち上げたのよ。公園に、桜の苗木を植えたりするやさしい人だった」

次は、高知駅のページだった。

「まあ、こんな立派な駅になったのかい」

「ネットで見たら、木造アーチの高架駅だったよ。センスのいい設計だと思うな。ボクも高知に行ってみたいなあ」

「昔ね、駅前の小さな食堂でオムライスを食べたわ。おじいちゃんの大好物よ」

おばあちゃんの思い出話には、いつもおじいちゃんが登場する。

最後は、はりまや橋のページ。「よさこい節」にも歌われる有名な橋だ。あたりには、市の中心部らしいビルが立ち並んでいる。純信《じゅんしん》というお坊さんと、お馬という娘が肩を寄せ合う姿も描いた。はりまや橋にまつわる江戸時代の恋物語だ。

「この絵本には、旬のやさしい気持ちが溢《あふ》れているわ。だから昔の記憶がどんどんよみがえってくる。当時、このパチンコ屋は、百貨店や映画館もある何でもビルだったのよ。そこで、おじいちゃんと初めてデートしたの。映画の後、高知駅まで歩いて、駅前で美味しいオムライスを食べたのよ。昭和の匂いがぷんぷんする食堂だった。ああ、大切な思い出がつながった。旬の絵本で夢だった故郷の旅ができた。旬、あなたの顔、最近おじいちゃんに似てきたね」

おばあちゃんの顔が泣き笑いみたいになった。一瞬、ボクにウインクしたようにも見えた。でも、溢れる涙で目を閉じただけかもしれないけれど。

それが、おばあちゃんとの最後の会話になった。その晩、おばあちゃんは天に召されてしまって……。

沢村家の親族によるお花入れも終わり、いよいよ棺《ひつぎ》の蓋を閉じるときがきた。棺に近づいたボクは不思議なことに気がついた。あの絵本は足元に入れたはずなのに、おばあちゃんの胸のあたりに移動していた。それも開いた状態だ。

ボクは思わず絵本を取り出した。それは、ラストのはりまや橋のページだった。

「ええっ？」

セピア色の世界が広がっていた。パチンコ屋が昔の何でもビルになり、純信とお馬が、制服姿に変わって飛び出してきた。肩を寄せ合う二人は高校生のカップルだ。細身の男子は、どことなくボクに似ている。隣の女子が、感じのいい笑顔でボクにウインクをした。ボクは、あわてて絵本をおばあちゃんの胸元にもどした。

生花に包まれたおばあちゃんは、とても穏やかな顔をしている。

「おばあちゃん、デートの続きは天国で」

手を合わせたボクは、おばあちゃんにそっとウインクを返した。

前兆

「先生、前兆の調査を終わりました」

「うむ、要点だけ報告してくれたまえ」

ここは花咲大の宝田研究室。よれよれの白衣を着た助手の西が、鼻眼鏡の宝田教授に報告を始めた。

「夢で多かった前兆は、ご先祖様が出てきた。光が放たれた。金の卵を産んだ。ドラゴンが飛んできた。そして、ズバリ一等が当たったというものでした」

「うむ、夢はコントロールできないからな」

「次は、コントロールできる前兆です。それは、この研究ノートのとおりで……」

教授と西は宝くじを当てようとしていた。これまでの調査で「高額当選者の多くには何らかの前兆があった」ということがわかっていた。そこで、そのような前兆の後に宝くじを買えば、大当たりすると考えたのだ。助手の研究ノートには、多くの前兆が記されていた。博士はそれに目を走らせた。

『茶柱が立つ。虹を見る。四つ葉のクローバーを見つける。長年愛用しているものが壊れる。購入時に割込みをされる……』

「うむ、前もって仕込める前兆もあるな」

「先生、前兆とは言えませんが、大当たりによいとされていることは数多くあります」

「と言うと?」

「当たると評判の売り場を選ぶ。愛想のいい店員から買う。お釣りがないようにする。買ったくじは静かな暗い場所で保管する。さらに、黄色い布で……」

「よし、やれることはすべてやってみよう」

7月の大安の日、教授はジャンボ宝くじを爆買いした。ふだんは冷静な教授だが、この日は珍しく興奮していた。それは、仕込んだ以上のよい前兆が続いたからだ。朝一番に「先生！　すごい夢を見ました。大当たりでした」と助手が報告にきたし、出がけに見上げた空には虹が出ていた。花咲公園で四つ葉のクローバーを見つけると、茂みの奥から白蛇が現れた。驚いて尻餅をついた教授は、愛用の眼鏡を壊してしまったのである。

そしていよいよ当選発表の日がきた。入り口に「立入禁止」と張り紙された研究室で、教授が宝くじを助手に手渡した。それは、福の神が刺繍《ししゅう》された黄色の布に包まれていた。

「給料を使い果たしたので、眼鏡の修理ができなくなった。西君がネットで見てくれ」

「はい、了解です」

黙々と調べていた助手が、申し訳なさそうにつぶやいた。

「先生、残念ながら……」

「うむ、あれほど前兆があったのにおかしいな。よし、明日の新聞発表でも調べてくれ」

翌日のこと。黙々と調べていた助手が、申し訳なさそうにつぶやいた。

「先生、残念ながら……」

夏休みの終わりの日、仕立ての良いスーツを着た助手が教授に挨拶をしていた。

「先生、いろいろお世話になりました」

「うむ、西君は故郷に帰るのか」

教授は、やっと修理した眼鏡をかけ直した。

「はい、巷《ちまた》で評判のグレイ教にも入信しました。新たな環境で心機一転がんばります」

お辞儀をした助手が研究室から出ていった。回転椅子をぐるりと回した教授は、窓に向かってつぶやいた。

「私も人のことは言えんが、西君は金の亡者のような男だ。それに新興宗教に入るようでは、とても研究者の器ではないな」

そのとき、ブワン、ブワンと大きな音がした。教授は思わず窓を開けて外を見た。ゴォーと、スポーツカーが走り去っていく。ピカピカの赤い高級外車だ。

「西君！」

目を見開いた教授が椅子から立ち上がった。

「も、もしや……」

お掃除ペット

花咲大の清水准教授が、掃除をするペットをつくり出した。ペットといっても、おなじみの犬や猫ではない。蛙、鼠《ねずみ》、そして蛇だった。清水は育種学の第一人者で、独自の技術を開発していたのだ。清水の品種改良により、蛙がお風呂、鼠がトイレ、蛇はリビングの床を掃除した。ペロペロと舌で舐《な》めて、ピカピカにするのである。

さらに、蛙は鼠の餌、鼠は蛇の餌になるという食物連鎖まで考えられていた。

――これでロボット掃除機を超えた。よし、彼女に見せてプロポーズしよう。

目を輝かせた清水は、彼女の理沙を家に呼んだ。

「キャー！」

家にきた理沙は大きな目を吊《つ》り上げた。家中に嫌いな動物ワースト3がいたからだ。

「どれもカワイイお掃除ペットだよ。次は窓や壁をピカピカにする守宮《やもり》もつくる予定だ。もし守宮が増え過ぎても、蛇が食べてくれるよ」

「そういう問題じゃないの。ギャー！」

理沙の細い脚に蛇が巻きついた。

「こんな研究はやめてちょうだい。そうしないと、もうあなたとはお別れよ」

「わ、わかったよ。だから別れるなんて言わないでくれ」

必死の説得の末、やっと理沙は機嫌を直した。その後、清水のプロポーズも成功し、二人はめでたく結婚したのだが……。

「あなた、リビングとトイレとお風呂、それから窓ガラスと壁のお掃除をお願い」

清水は、理沙の尻に敷かれていて逆らえない。その後も玄関、寝室、キッチン周りなどと、範囲を広げ続けている。でも、

「あなた、ありがとう！」

チュッ。

これだけで清水は十分幸せだ。
今の清水は、奥さんのお掃除ペットだった。

長編

表情をくもらせた出版社社員の九谷が、上司の編集長に相談していた。

「星野先生ですが、締切りを過ぎても何も書いてくれません。今月はショートショートを二点も約束していたのに」

「そうか。今や花咲大の教授で、ショートショートから長編までなんでもござれ。教科書にも載る大作家だからな。でも、あのお方ならいい方法があるぞ」

「ぜひ、それを教えてください」

「助手時代の作品を読んで、とにかくほめまくれ。そうだな、長編の『花咲のいちばん長い日』あたりがいいだろう」

九谷はすぐに図書館に向かった。硬派な本ばかり並ぶ棚にお目当ての本はあった。渋い顔をした九谷は、ほんの数分だけページをめくった。

——下巻は見当たらないけど、忙しいからまあいいか。

九谷はその足で星野を訪ねた。

「先生のご本『花咲のいちばん長い日』の上巻を読ませていただきました。こんなおもしろい小説は初めてです。早く続きを読みたいです」

「ほう、それはうれしいね。あれは初の長編だ。取材に協力してくれた八木宮司には今でも頭が上がらないよ。さてと、今日は一つだけ渡しておこう。紅茶もあるから、君も飲んでいきたまえ」

九谷は、紅茶を飲みながら星野の新作を読み始めた。

最高のご馳走《ちそう》

ボスのもとに子分がやってきた。子分は、いつも魚釣りのお供の役割だった。

「おう、そろそろ出かけるとするか」

子分は貧相な若者だが、ボスはマッチョな体型だった。誰が見ても力の差は歴然だ。

「あなた、いってらっしゃい」

ボスの妻が艶っぽく上目遣いで言った。

「おう、たくさん釣ってくるぞ」

「キャー！　ご馳走のためがんばってね」

妻の後ろに並ぶ美女たちが手を振った。

「おう、そうだ。紹介しておこう。右から嫁、家内、女房、かみさん、連れ合い、そしてワイフだ」

子分が美女たちに最敬礼した。すると駆け寄ってきた別の女性が甘えるように言った。

「ご馳走を持って帰ってきてね」

「おう、こいつは昨日結婚した新妻だ」

子分はまた最敬礼をした。すると新妻の後ろにも若い娘がいた。

「おう、こいつは明日結婚する婚約者だ」

またまた最敬礼した子分が言った。

「ボス、すごいです。尊敬しかありません」

「がはは、さあ、出かけるぞ」

ボスと子分が釣り場に着くと、いきなり入れ食い状態になった。ご馳走の小魚やイカが大漁だったのだ。

バシャーン！

突然、大きな水しぶきが上がり、巨大な海獣が現れた。

「うあっ！」

海獣がボスに噛《か》みついた。その隙に子分は必死で逃げた。

「ボス、ごめんなさい。全員の奥様も本当にごめんなさい」

哀れ、ボスは海獣の餌食になってしまった。「白い死神」とも呼ばれるホホジロザメだ。

ボスをたいらげたホホジロザメが、満足げにつぶやいた。

「うまっ！　オットセイのボスは最高のご馳走だ」

「先生、おもしろいです！　ありがとうございました」

目尻を下げた星野が上機嫌で言った。

「もう一つは今夜書くつもりだ。明日もきてくれるかね」

「はい！　喜んで！」


翌朝のこと。九谷が図書館に行くと、今度は下巻を見つけることができた。

——下巻もまた分厚い本だな。ショートショートならすぐ読めるのに。

読む気を失った九谷は、スマホで下巻の書評を検索した後、笑顔で星野の家を訪ねた。

「先生、下巻も一気に読ませていただきました。戦争について深く考えさせられました」

ソファーに座る星野は仏頂面《ぶっちょうづら》で、口をへの字に曲げている。九谷は、尻尾を振る犬のような態度でほめ続けた。

「やはり、名作には愛と死がつきものですね。ボクは感動で胸が熱くなりました」

深々とソファーにもたれかかった星野は、不機嫌そうな声で返した。

「君ねぇ、上巻の次は中巻を読みなさい」

またの名

いかにも体育会系の学生が、足取りも軽く足達教授の研究室に入ってきた。室内には、いろんなガラス器具や薬品、メモのたぐいが散らばっている。

「おお！　今日も新しい靴を履いているね」

無精ひげを生やした教授は上機嫌だった。

「私の実家が靴屋でね。つい靴に目がいくのだよ。ところで、走り高跳びの記録はどうかね？」

「それが……」

「そうか、新薬Aは今一つか」

――Aのまたの名は「蚤薬《のみ》」だ。蚤のジャンプ力は体長の百五十倍なのだが……。

「それと平泳ぎの記録も伸びていません」

「そうか、新薬Bもダメか」

――Bのまたの名は「蛙薬」だ。蛙の抽出エキスをたっぷり詰めたのだが……。

「新薬のAとBは失敗ですか?」

「うむ、もう少し様子をみることにしよう。では、今日も新薬を三つ渡しておくよ」

学生は新薬の人体実験を続けていた。学外秘の実験なので、教授から高額のバイト代を支給されていた。

自転車にまたがった学生は、帰り道に行きつけの靴屋に寄った。「もっと靴が欲しい」という衝動にかられていたのだ。

結局、学生は気に入った靴を全部買って帰った。下宿の玄関は、下駄箱に入りきらない靴で埋まっていた。

夕食後、新薬を手にした学生がつぶやいた。

「Aはジャンプ力を高める薬、Bは平泳ぎが上手くなる薬だろうな。Cはよくわからないけど、足元からオシャレになる薬なのかなあ」

ゴクリ、ゴクリ、ゴクリ。


ここは花咲大の足達研究室。夜遅くまで、教授が新薬開発に力を注いでいた。

「こいつらのエキスを抽出し、最先端のＤＮＡ技術を駆使するとＣができる」

フラスコを手にした教授がにんまりとした。

「この薬が完成して、世に広まれば実家は大儲《もう》けだ」

フラスコの中では、足がたくさんある虫がうごめいている。

Ｃのまたの名は「百足《むかで》薬」だった。

模範解答

「明日は一回生歓迎の飲み会らしいね」

ここは花咲大のキャンパス。ボサボサ頭の宮田が、学食から出てきた一回生の岡に声をかけた。宮田は教育学部の四回生だ。

「今年も、歌川教授のおごりでカラオケかい？」

「はい、よくご存知ですね」

「俺も一回生のときは参加したよ。この会はね、ゼミの新入生の能力を見極めるための会でね」

「えっ？」

「教授はこのとき、ある質問をして器の大きさを診断するのだよ」

「どんな質問ですか？」

「教授は昭和の男だから、ややパワハラ的なものでね」

「宮田先輩、ぜひ、教えてください」

「いいよ。『おい、ところで君の痔《じ》はよくなったのかね？』という質問だよ」

「皆の前でそんなことを……」

「その程度で恥ずかしがるようでは、器か小さいと評価するのだよ」

「どう返せばいいのですか？」

「ふふ、実は模範解答があってね。昔からの定番だよ。聞いたことないかい？」

「はい。ぜひ、教えてください」

岡が拝むように手を合わせた。にやりとした宮田は、ここだけの話として耳打ちをした。

「模範解答はね……」

その翌日のこと。予定通りカラオケで歓迎会が行われた。当然、ゼミの新入生は全員がきていた。派手なネクタイをした歌川教授も、初めから上機嫌だ。教授の歌はノリノリで、ジェネレーションギャップを感じさせない選曲だった。しばらくすると、教授が有無を言わせぬ注文をつけてきた。

「今から君は、わり箸をくわえて落とさないようにしなさい。もちろん歌うときもだ」

「君は、すべて大阪弁にしなさい」

「君は、私が『オーケー』と言うまで赤ちゃん言葉で通しなさい」

皆、思わぬ注文にスベったりコケたりと苦戦していた。そして、いよいよ岡にも注文がきた。

「君は、私が『よし』と言うまで『あいうえお』の五文字を抜きなさい」

――ラッキー！　このパターンは、前に合コンでやったことがあるぞ。

小躍りした岡は、入れた曲を完璧に歌いこなした。終わって拍手を受けても「ありがとうございます」ではなく、「りがとござます」と返した。他の新入者は皆、感心したような顔をしている。

「岡君、オーケーだ。やるね。おい、ところで君の痔はよくなったのかね？」

——ここでそうきたか。望むところだ。ボクは宮田先輩に教えてもらっているからね。

岡は嬉しさを押し隠して答えた。

「はい、字は毎日練習したので、とてもよくなりました」

——よし、これでボクは認められた！

「岡君！」

教授が、岡の隣に移動してにじり寄ってきた。後ろになでつけた髪はポマードでてかり、ムスク系の香りが岡の鼻をつく。

「立派な模範解答だった。それは先輩の宮田君あたりに教えてもらったのかね？」

少し厳しい口調だった。一瞬胸がざわついた岡は、教授と目を合わせないように答えた。

「いえ、前から知っていました」

「そうか。まっ、宮田君はいつも肝心なことは教えないからな」

「えっ？」

にやりとした教授が、噛《か》んで含めるように教えた。

「私は、まだ『よし』とは言ってないのだよ」

駄洒落《だじゃれ》ガイド

花咲大格闘技サークルの力也は、ついに目的の道場にたどり着いた。そこはうす気味悪い森の中だった。道場は、朽ち果てるに任せているような外観である。

「力也さん、秘境の森の道場へどうじょう」

ガイドの呂《ろ》がいつもの駄洒落を飛ばした。呂によると、道場には東洋一の格闘家がいるらしい。高知では向かうところ敵なしの力也にとって、絶対に倒したい相手だった。

そもそも、初めての海外一人旅。思いのほかハードな行程だった。高い金でガイドの呂を雇い、熱い湿った空気の中、道なき道を進まねばならなかったのだ。昼夜を問わず、妖怪「ヤマヒコ」のような叫び声が聞こえてきた。突然、牙をむいた虎が襲ってきたこともあった。力也は得意の空手チョップで虎を退治した。そんなときも、呂は下らぬ駄洒落しか言わなかった。

「秘境の森の虎に噛《か》まれたらいタイガーよ」

巨大な人食い熊が現れたこともあった。力也はボクシング仕込みのパンチで熊を撃退した。呂は拍手をしながら言った。

「秘境の森で、パンチ休すかと思ったよ」

木から落ちてきた大蛇に絞められたときは、とっさに柔道の寝技に持ち込み退治した。呂は手を差し出して握手を求めてきた。

「秘境の森の力也さんは偉大じゃよ」

とにかく風で木の葉が鳴っただけで、身構えなければならないほどの森だったのである。

それなのに、目の前の門柱には『入場料千ドル』という貼り紙がしてあった。道場主との対決に勝てば、百倍になって戻るということも記されている。

「力也さん、すマネーけど払うべきよ」

呂が上目遣いでそう言った。すると山姥《やまんば》のような女が出てきてにたりとした。力也が渋々千ドルを支払うと、染みだらけの手で茶を出してきた。試合前の水分補給を好まぬ力也は首を振った。

「力也さん、何事もチャレンジだよ」

呂が寄ってきてしつこくささやくので、力也は仕方なく少しだけ飲んだ。温くて濁ったお茶だった。また、にたりとした女が力也を道場へと案内した。そこには赤茶けた古い畳が敷き詰められている。ほどなく、道場主が現れた。

「おい、これはどういう……」

力也は絶句した。道場主はガイドの呂だったのだ。

「力也さん、ボクさー、ボクサーだよ」

マウスピースをはめた呂が、シャドーボクシングのポーズで挑発した。その動きには、東洋一の格闘家のオーラは全くなかった。

「よくも騙《だま》したな。てめぇ、この野郎！」

力也は、テコンドー仕込みのハイキックを狙ったが、へなへなと畳に倒れ込んでしまった。そこに呂がやってきて袈裟固《けさがた》めをかけた。いつもなら返せる技だが、力也はそのまま敗れてしまった。思うように身体を動かせなくなっていたのだ。

「さ、さっきのお茶に何か入れやがったな」

舌が粘り、喉もひりついた力也は声を振り絞った。女が近寄ってきて、力也を見下すような口調で言った。

「あと二千ドル出せば助けてやるよ。ニセドルではなく二千ドルだよ」

「な、何だと！」

「イヤなら、あんたは秘境の森に捨てられる。ガイドの息子も言っていただろう。虎に噛まれたらいタイガーよ」

女がくっくっと笑った。

「お、お前ら、親子だったのか。ひ、卑怯《ひきょう》だぞ！」

マウスピースを外した力也が、ここぞとばかりに口を開いた。

「力也さん、何度も言っただろう。ここは卑怯の森なのだよ」

走れ戌男《いぬおとこ》

号砲が鳴り、障害物マラソンがスタートした。花咲大陸上部の早田《はやた》は、先頭集団で競技場から道路に出た。すると突然、猪が前を横切った。このマラソンでは、思わぬ障害物が次々に現れる。そもそもこの新競技ができたのは、従来のマラソンでは、テレビの視聴率が取れなくなったことが原因だった。

五キロでは鼠《ねずみ》の大群が道に出てきた。十キロでは牛が行く手を遮った。十五キロでは、阪神タイガースのユニフォームを着た男が乱入してきたし、草むらからは兎《うさぎ》が飛び出してきた。思わぬ障害物のたびに、早田はペースを乱される。今日は天気もよく、アスファルトの照り返しもきつい。二十キロではビルの看板が落ちてきた。大きな竜が描かれた看板だった。その後も、二十五キロで蛇、三十キロで馬、三十五キロでは羊が横切った。そこで、早田ははっと気づいた。

――そうか！　猪の後の障害物は、子《ね》丑《うし》寅《とら》卯《う》辰《たつ》巳《み》午《うま》未《ひつじ》。十二支の順じゃないか。

三十五キロを過ぎると、早田の前を走るのはゼッケン一番と百番だけになった。一番は早田のライバルの岡野で、百番はノーマークの無名の選手だ。脚が竹馬みたいに長く、全く息が上がっていない。

優勝争いが三人に絞られたところで、先導車のモニターに「何かつぶやいてください」の文字が映った。選手のゼッケンには、超軽量小型のＡＩマイクが取りつけられている。つぶやきは、そのままお茶の間に届くシステムになっていた。面白いことをつぶやけば視聴率が上がる。それに最も貢献した選手には、ボーナスが出る約束だった。もちろん早田もそれを狙っていた。そろそろ四十キロ地点というところで、街路樹から落ちてきた猿が早田を直撃した。猿は、あっという間に姿を消した。

「猿が逃げ去る。猿もさる者だ」

そうつぶやいた早田は、すぐに起き上がり二人の後を追った。先頭の百番との差は約二十メートル。十分追いつける距離である。だが、倒れたとき痛めた右ひざがズキズキしていた。

——くそぉ、負けてたまるか！

そのとき、軽鴨《かるがも》の親子が横切り始めた。申《さる》の次はやはり酉《とり》だった。

「かわいくていいカモ。カモカモカモカモーン」

下らない駄洒落を連発した早田は、軽鴨の列をとび越え、前を走る二人の背を追った。勝負はついに競技場にまでもつれ、トラックでの決着となった。ギヤチェンジをした早田は、ラストスパートをかけた。みるみるその差が詰まっていく。まずは岡野をかわした。百番まではあと三メートル、二メートル、一メートル。拍手が沸き歓声が上がった。

——十二支で出てないのは犬だけだ。でも、もう現れそうにない。まてよ、俺は戌年だ。そうだ！　最後に戌年の俺が、二人の優勝を阻む障害物となるということだ。

そんなプラス思考の早田だったが、急にスピードをゆるめた百番に接触し、ひっくり返ってしまった。

「痛っ！　痛たたたた……」

さっき猿のせいで痛めた右ひざだった。その後は、なぜか百番も走るのをやめ、三位だった岡野がゴールのテープを切った。早田は担架で救護テントまで運ばれた。

ほどなく、岡野の優勝インタビューが聞こえてきた。

「優勝おめでとうございます。岡野選手は、ゼッケン百番の正体に気づいていたようですね」

「はい、あれは人間の走りではありません」

「さすがですね。ここで視聴者の皆様にもお伝えしましょう。百番は、このレースの隠し障害物でした。百番はロボットランナーだったのです。なお、これは花咲大の犬塚《いぬづか》博士が開発したものです」

「犬塚のロボットだと！」

激怒した早田は、テントの中から大声で叫んだ。

「おい、今日はなあ、猪から始まって、十二支のやつらにペースを狂わされた挙句、ケガまでさせられて棄権だ。特に最後の犬塚のロボットだ。俺を狙ってわざとスピードをゆるめやがったな。今日は、戌年の俺が勝つべきレースだった。おーい、岡野も何とか言ってくれ！」

早田の叫び声に気づいた岡野は、ゴクリと水を飲み事もなげにつぶやいた。

「ふふ、負け犬の遠吠《とおぼ》えか」

この瞬間、最高視聴率を獲得した岡野は、多額のボーナスまで手に入れた。

フルーツの樹

花咲大の樹《うえき》教授が、画期的な発明をした。それは「フルーツの樹」。観葉植物のように室内で育ち、日替わりでいろんな果物の実をつけるという樹だった。

教授は、これまで「昼だけ光るホタル」や「水に浮けないアメンボ」などの品種改良をしてきたが、全く利益を得ることはなかった。だが、今回は大ヒットしそうな発明だ。地元の一ノ瀬産業と連携して、その商品化に向けて改良を続けていたのである。

樹研究室には四人の学生がいた。これまでのこともあり、教授の元に集まる学生は落第生ばかりだった。その四人が、毎日交代でフルーツの樹の観察を始めた。

一日目のこと。

「成果は出たかね？」

教授が当番の五回生に尋ねた。

「はい、オリーブの実がなりました」

「おお！　鮮やかなグリーンだ。でも、かなり小さいな」

「味も苦みや渋みが強かったです」

「生で食べたのか。バカ者！　ふつうは加工して食べるものだ。それに安全性の確認はできてないぞ！」

「すみません。つい」

「二度とするなよ！　親からもらった身体をもっと大切にしなさい！」

二日目のこと。

「成果は出たかね？」

教授が当番の六回生に尋ねた。

「はい、ぶどうの実がなりました」

「ほう、大きさは普通だ。実の色も濃いぞ、何か問題は？」

「糖度です。まだ甘さがたりません。食べて損した気分です」

「君も食べたのか。バカ者！　ちゃんと糖度計を使いなさい」

「すみません。つい」

「二度とするなよ！　今度したらもう単位はやらんぞ！」

三日目のこと。

「成果は出たかね？」

教授が当番の七回生に尋ねた。

「はい、梅の実がなりました」

「梅の実か。うん、甘い桃のような香りがする。何か問題は？」

「果汁が少ないことです。食べるとカサカサでした」

「バカ者！　食べるなと言っているだろう！　ふつうでも生の梅は危険だぞ！」

「すみません。つい」

教授の口調が荒くなった。

「二度とするな！　人体実験なら、足達研究室でやりたまえ！」

そして四日目のこと。

今日の当番は一番年上の八回生だった。四人の中でも一番の変人で、いつもピントがずれている。

「成果は出たかね？」

「はい、メロンの実がなりました」

「高級フルーツだな。網目の模様もきれいだ。まさか食べてないだろうね？」

「もちろんです」

八回生が即座に答えた。

「よし、何か問題は？」

「完全にアウトです」

「大きさかね？　それとも糖度や果汁のことかね？」

「それ以前のことです。オリーブ、ぶどう、梅までは成功でしたが……」

八回生は、いかにも残念そうに言った。

「メロンだったので、しりとりがアウトです」

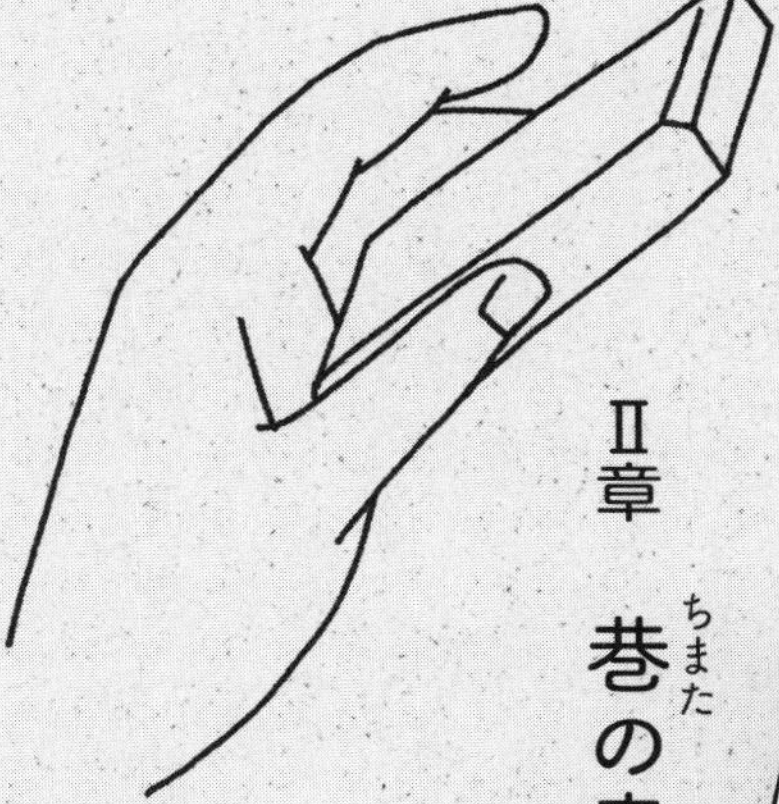

Ⅱ章　巷《ちまた》の奇談

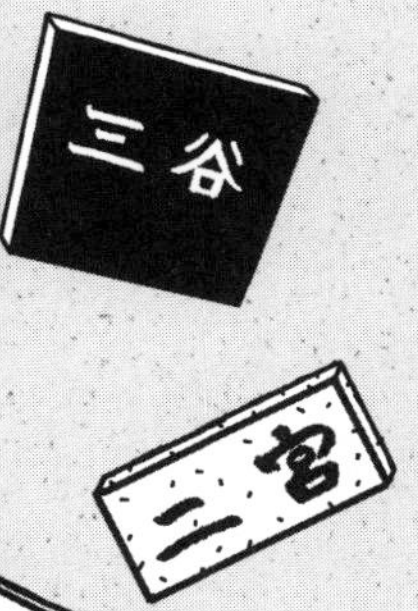

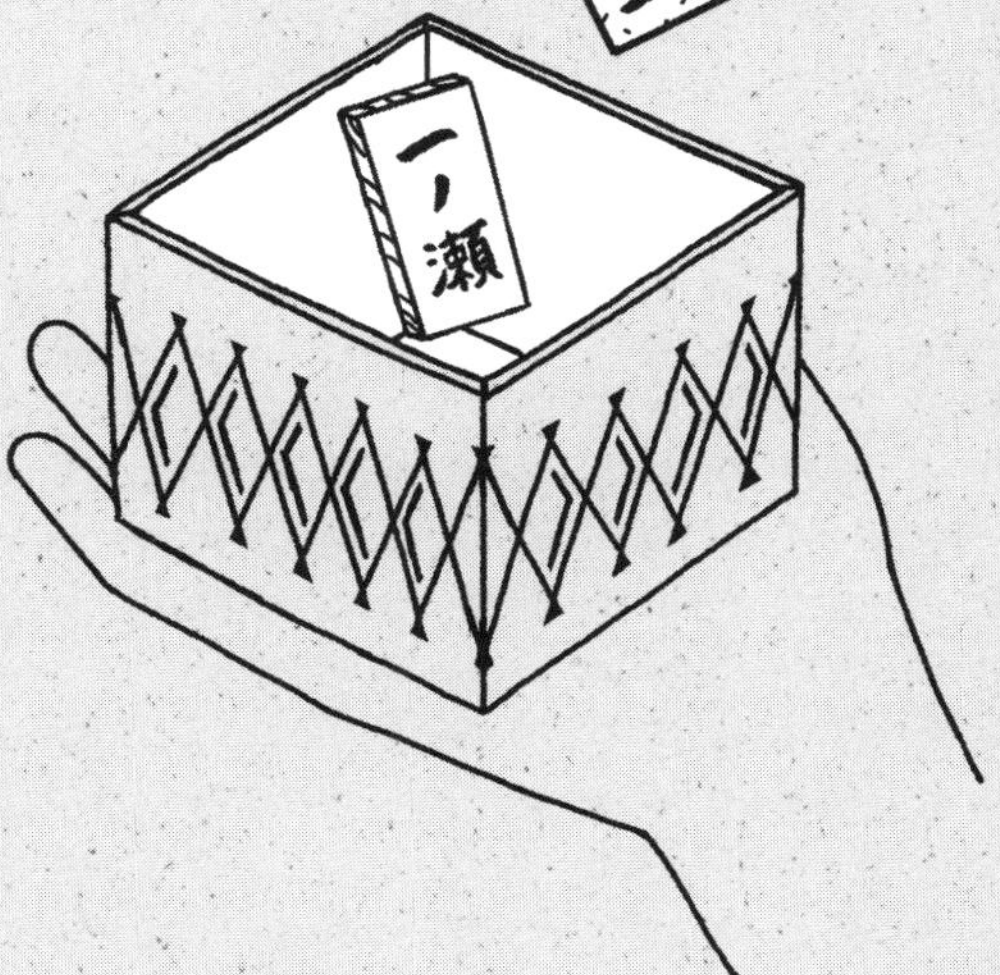

遍路のご利益

陳《ちん》が「一番さん」とよばれる霊山寺《りょうぜんじ》にやってきた。初めて株で大儲《もう》けした陳は、リッチな四国遍路をしてみようと思ったのである。

有名ブランドで白衣を新調した陳は、車三台分ほどの長さの大型車を借り切った。黒塗りのリムジンだ。連れは李《り》と莉子《りこ》の二人。中年の李は陳家の使用人で、莉子は若いボランティアガイドである。車遍路の道中はグルメ最優先の旅で、宿泊も高級ホテルや老舗の旅館のみだった。

麺好きの陳は、朝から徳島ラーメン、鍋焼きラーメン、八幡浜《やわたはま》ちゃんぽん、讃岐《さぬき》うどんを熱心に食べ歩いた。夜は夜で、金持ちが集まる高級店での豪遊を続けた。酒癖が悪い陳は、行く先々でまわりを不愉快にさせた。羽振りのいい客を見つけると、鼻息を荒くしてケンカを売ったのだ。そのたびに使用人の李が間に入った。忠義を尽くす李は、いつも土下座して詫《わ》び続けたのである。

気まぐれな陳は、たまに車を降りて遍路道を歩くこともあった。そんなときお接待を受けると、むっとした表情で言った。

「俺は物乞いじゃない。ＳＳＳランクのブラックカードを持つ資産家だぞ」

お接待の品は主に茶や菓子類だ。陳はそれらを全て李に押し付けた。

「ゴミみたいなものだ。早く処分しろ」

陳の常識では、四国のお接待文化を理解できなかったのである。

最後の八十八番大窪《おおくぼ》寺に着いたときは、車遍路なのに二十日もかかっていた。

「結願《けちがん》だ！　お前らも願いがあるだろう。しっかり拝んでおけ。ご利益で、俺のようなブラックカードを持てるかもしれないぞ」

そう胸を張った陳だったが、思わぬ災難が降りかかってきた。突然、持ち株が大暴落したのだ。ついていた福の神が、急に貧乏神に変わったような大事件である。

あわてた陳は妻に電話をかけたのだが、

「ふん、若い娘と遊びほうけて、もう顔も見たくない。離婚よ！」

妻に怒鳴られた陳は目を白黒させた。陳は、立場の弱い婿養子だった。そこへ追い打ちをかけるように、李がもう辞めたいと言ってきた。おまけに、莉子もセクハラは許せませんと口を尖《とが》らせた。

「うるさい！　二人とも失せろ！」

激怒した陳は、二人を置いて空港に向かった。

大窪寺では、莉子が眉をひそめていた。

「今も、信仰や修行のため歩いているお遍路さんもいますよね。それなのに、陳さんの遍路ときたら恥ずかしすぎます。罰が当たったのだと思うわ」

「莉子さんの言うことは、もっともなことだと思います」

「それに、俺の個人情報を教えてやるから、お前のも教えろとか、結局、根負けして電話は教えましたけど、そのおかげで、夜中に何度も電話で口説かれました。毎回、タイプだから愛人になれなんて言うのです」

「ほう」

「李さんが揉《も》め事の後始末をしているとき、店の外に連れ出されたことがあって、かなり強引に迫られたの。そのときは、通りがかった沢村クンが体を張って助けてくれました」

莉子が、ちょっと照れくさそうな表情になった。

「ああ、そういえば花咲町で……。私はまた、若者にケンカを売っていたかと思いました」

「東京からきた沢村旬《しゅん》クンです。ワタシも我慢の限界を超えちゃって、奥さんに直で電話しました。証拠になる電話の録音も聴いてもらったの」

「そうでしたか」

「奥さんからは、ていねいなお詫びの言葉をいただきました」

「きっと、お大師様のお導きなのでしょう」

「李さんこそいつもまじめに働くから、絶対に遍路のご利益があると思いますよ」

そのとき、莉子のスマホが震えた。

「莉子さん、ひょっとしてですが、ここのところよくメールしているのは、その沢村旬君とでは？」

「あら……」

莉子の額にかかる前髪がふわっと揺れた。

「すいません。若い娘さんにいらぬことを言いました。莉子さんにも、きっと遍路のご利益があることでしょう」

莉子の顔に笑みがこぼれた。

「では、お元気で」

莉子と別れた李は一人で山門まで出てきた。そこにはスーツ姿の男が待っていた。握手の手を差しのべた男は、熱のこもった口調でしゃべり始めた。

「もうすぐ我が社は海外進出に乗り出します。そのためにも、あなたのような忠義を尽くす人材を探していたのですよ」

男は、夜の町で陳がケンカを売った一ノ瀬社長だった。花咲町一の資産家だ。李は、この社長の通訳として第二の人生を歩み始める。

そのころ空港では、

「くそっ！　畜生！　腹立つ！」

陳が子どものように地団太を踏んでいた。自慢のブラックカードが利用停止にされていて、帰ろうにも帰れなくなってしまったのである。

廃校ホラー館

赤ら顔の二宮が廃校ホラー館にやってきた。ここは高知市に隣接する花咲町。ホラー館は、廃校となった分校を再利用したお化け屋敷だ。町おこし活動として、青年団がリフォームした施設である。今夜はプレオープンなので、町長の二宮だけが招待されていた。

――気の重い役目だ。わしは、ホラーが苦手だが立場上断れないからな。

顔をしかめた二宮は、廃校にまつわる噂話《うわさ》を思い出していた。それは「裏手の蛇紋山《じゃもんざん》に住む蛇の化け物が悪さをする」というものだった。

「廃校ホラー館へようこそ。では、今からお楽しみください」

校門前で、青年団の三谷団長が出迎えた。

「三谷君、ちょっと気になる噂を聞いてね」

声を落とした二宮に三谷が明るく応えた。

「蛇紋山に、三つ目の宇宙人がいるという噂ですか？」

「いや、蛇の化け物の噂だよ」

「ああ、そっちですか。私は卒業生なので聞いたことがあります。変幻自在に姿を変えて悪さをするらしいですね。でも、私も友だちも悪さをされたことなどありません」

校門をくぐった二宮は、丈の高い雑草の生い茂る校庭を足早に歩き始めた。すると、空中から妖怪「茶袋《ちゃぶくろ》」がぶら下がってきた。

――なかなかの仕掛けだな。

二宮が玄関に入ると、事務室の小窓がさっと開き、マスクの女が顔を出した。

「入場料は千円です」

「高いな」

二宮が文句を言いながら支払うと、目を細めた女が入場券を渡した。

「ワタシきれい？」

そう言った女がマスクを取った。その口は、耳まで裂けている。

――なんともリアルすぎる特殊メイクだ。

怖がりの二宮は、一人できたことを後悔していた。重い足取りで校舎内に入ると、各教室のスピーカーから、不気味なノイズ音が聞こえてきた。朽ちた木の臭いのする廊下には、顔に包帯を巻いた兵士が歩いている。ぎしぎし軋《きし》む階段を上がっていると、リアルな人体模型が手すりを滑り降りてきた。埃《ほこり》っぽい空気の二階には、髪を振り乱した落ち武者がいた。他にも音楽室の肖像画の目が光り、トイレからは女の子の泣き声が響いてきて……。

――こいつらの中に、蛇の化け物が混じっているかもしれない。

使い込まれた木の廊下を急ぎながら、二宮は窓の外に目をやった。

「な、生首だ」

二宮が腰を抜かした。校庭に浮かんでいた茶袋が、生首に変わっていたのだ。

――あれがきっと……。

這《は》いながら出口までたどりついた二宮を、三谷が満面の笑みで出迎えた。青ざめた二宮は、声を震わせて問いただした。

「み、三谷君。あの生首は何だ？　ま、まさか蛇の化け物の仕業なんてことはないよな」

「町長、あれは黒子のスタッフが、木の上から釣り竿《ざお》で操作しています。それに蛇の化け物は、善人には悪さをしないらしいですよ」

——ということは、下手に本物を指摘すると、わしは悪人だと思われてしまうのか。

考え込む顔になった二宮に三谷が尋ねた。

「明日のオープンに向けて、何かアドバイスをお願いします」

「うむ、そうだな。入場料の千円は高すぎるぞ」

「えっ、入場料は百円ですよ。地元の一ノ瀬産業がスポンサーになってくれましたから」

二宮が真顔で言った。

「わしは、もとい、私は口裂け女に千円も払ったぞ」

「いえ、百円です。それに、料金所はボランティアの莉子《りこ》さんですから。彼女は青年団のアイドルなのですよ」

「ほれ、これが証拠の入場券……」

赤ら顔の二宮が、みるみる真っ青になった。ポケットから出した入場券が、蛇の抜け殻に変わっていたのである。

それを見た三谷は心の中でつぶやいた。

――そうか、町長は政治家だ。政治家に善人なんていないよな。

校長の川柳

花咲町の居酒屋には、スーツ姿の男たちが集まっていた。校長会の有志である。

今夜は、校長に昇進した坂東のお祝いだった。

「まあ、こんなおばあさんで悪いけど」

女将《おかみ》の温子《あつこ》が、主役の坂東にビールを注いだ。高齢の女将だが、長年岩盤浴で磨いてきた肌はツルツルだ。ビールを飲み干した坂東がやおら立ち上がった。

「本日は、私のために誠にありがとうございます。あれはもう二十五年前のことですが」

坂東は、その手に古びた紙を持っていた。

「まだ臨時だった私は、年度の途中に六年担任として着任しました。前担任が病休を取ったためです。当時の六年は二百人もいて、やんちゃな子も多く落ち着きのない学年でした。案の定、荒れた修学旅行となったのです」

ここで坂東は古びた紙をちらっと見た。

「最初の科学館では鬼ごっこをして、学芸員につまみ出された子がいました。ホテルに入ってもいろんな問題を起こし続けます。二日目も同じようなくり返しでした。そしていよいよ最終日。突然のストライキで交通マヒとなり、予定変更で美観地区に行くことになりました。倉敷のレトロな町並みです。ここでは班ごとの自由散策としました。私たち担任は、土産物屋や裏通りを巡回していました。団長の四方《しかた》校長だけは、カフェで趣味の川柳を作っていたようです。ほどなく、困った班長が次々にやってきました。お店の試食を食べ尽くした、案内所のチラシを紙飛行機にしている、土産物屋の備前焼を割った、白壁に落書きをしたなどの相談です。私は走り回って事を収めるのに必死でした。おまけに集合時間に全員が集まらず、一時間遅れで学校へ向かうことになったのです。もどってから職員室に入ると、校長が自選の川柳をコピーして配りました。それがこれです」

　坂東は、手にしていた紙を読み上げた。

『鬼ごっこ　鬼より怖い　学芸員』

『お土産は　ホテルの部屋で　腹の中』

『消灯後　部屋の見回り　一万歩』

『きびだんご　試食するだけ　買わないよ』

『柳の木　紙飛行機が　不時着中』

『備前焼　割れてしまえば　ただのゴミ』

『白壁の　落書き見れば　学校名』

「担任は苦笑していましたが、私は怒りで身体が震えました。そのおかげでどれだけ苦労したことか。ところが後日、子どもの文集を見た私は驚きました。校長は、カフェでやんちゃな子のカウンセリングをしていたのです。また、迷惑をかけたところに謝罪をさせていました。そのため、集合時間に全員そろわなかったのです。さらに、割れた備前焼や白壁の修復には、自腹を切ってくれていました。その後も、愛情を持って叱ってくれる校長でした。そのかいあって、卒業式では成長した姿を見ることができました。卒業証書の授与では、校長は二百人全員の顔と名前が一致し、誕生日まで覚えていました。ものすごい記憶力です。その後の式辞も、胸にじんと響く心のこもったものでした。尊敬の念を抱いた私は、四方校長を師と仰ぐことにしたのです。まだ微力な私ですが、これからも四方校長を目標に精進したいと思います」

店内に大きな拍手が起こった。

四方校長はもう退職して久しい。今は悠々自適の生活で、花咲公園を愛犬と散歩しながら川柳を作っている。

「もう川柳はないの？」

女将からのリクエストがあり、今も師弟関係にある坂東が最近の作品を披露した。

『減ってゆく　退職金と　友の数』

『老妻の　フラダンス見て　目をそらす』

『退職後　検査値すべて　正常に』

和やかな笑いが起き、「お元気そうでうらやましい」の声も上がり、最後に披露された句でどっと笑いが起こった。

『愛犬が　また散歩かと　後ずさり』

雨中の指導員

校長会を終えて車で学校に向かう。珍しく早めに終わったので、夜のＰＴＡ役員会まで一仕事できそうだ。小雨が降る夕方なので早めにライトをつけた。この時間に学校への道を走るのは初めてだ。ほどなく校門近くの花咲交差点までやってきた。すると、見慣れぬ街頭指導員を見かけた。帽子をかぶりレインコートを着たおじいさんだ。こんな天気にたった一人で……。

学校にもどり車を置いた私は、傘をさして交差点に向かった。ひと言お礼をと思ったのである。だが、もう指導員の姿はなかった。

夜の役員会も予定より早く終わった。私はPTAの五藤会長を校長室に呼び、夕方に見た指導員のことを訊《き》いてみた。会長は本校の卒業生で、校区の生き字引のような人だ。

「ついに校長先生も見ましたか。うーん、そのお方はですねぇ……」

会長によると、大昔のPTA会長、村田さんであるとのこと。村田さんは、雨の日に一人娘を交通事故で失くしていた。そんな悲しい出来事もあり、交通安全の活動に人一倍熱心なお方だという。一線を退いた後も、進んで街頭指導を続けているらしいのだ。

「村田さんは、交通事故ゼロが口癖でした。それと、これは言いにくいのですが」

「ん?」

「とうに亡くなられています」

「えっ」

そういえばそぼ降る雨の中、指導員の姿はいかにもはかなげだった。

「今は、車のドライバーだけに見えるというお方です。このままそっとしておいたほうがよいかと」

私は、黙ったままゆっくりとうなずいた。

ハッピー美術館

花咲町のバー「六角」の止まり木で、高橋と山崎が飲んでいた。常連の二人は、どちらも小学校の校長だ。夏休み中ということもあり「学校の怪談話」が酒の肴《さかな》だった。

「……という話だよ。まっ、うちの学校はその昔墓地だったらしいからな」

少し眉根を寄せた高橋が、理科室の幽霊話を終えた。黙って聞いていた山崎は額の汗をぬぐった。

「ぞっとするね。私はそんな怖い体験はないなあ。でも、ほっこり系の怪談ならあるよ。それはハッピー美術館にまつわる話でね」

「そのハッピー美術館って？」

「空き教室を校内美術館にしたんだ。有名なモナリザの複製もあるよ。ある保護者からの寄贈品だ。あの絵は美術館らしさを醸し出してくれている」

「なるほど。で、子どもたちの作品は？」

「各クラスから選ばれた絵を、額縁に入れて展示しているよ」

「額入りの展示はうれしいだろうな」

「うん、それでハッピー美術館。怪談というのは三月のことだけど」

二人が水割りをおかわりした。店は間接照明が灯る薄暗い室内だ。さっきまで、花咲大の歌川教授が自慢の喉を披露していたが、今は高橋と山崎の二人だけ。カウンター内のママは、二人の話に聞き耳を立てていた。

「用務員の七尾さんがね、『私は月末で退職です。その前に、息子の絵をハッピー美術館に展示させてくれませんか。一日だけでかまいません』と、頭を下げてきてね」

「息子さんはまだ小学生なのかい？」

「いや、大学生だったけど、気の毒に病気で亡くなってしまってね。その息子さんの夢は、個展を開くことだったんだ」

「作品は残っているわけか」

「うん、どれも写実的な力作ぞろいでね。さすが美術専攻というレベルだった」

「じゃあ、子どもの絵は外したわけ？」

「絵は学年末には返すから、春休みには問題なく展示できるんだ。結局、たくさんの風景画と自画像を展示して、春休みの児童クラブにきていた子に見せたんだ」

山崎は、ふっと表情を緩ませた。

「七尾さんは、そのこともあって退職した今も働いてくれている。もちろんボランティアだ。元々、美術館の額縁も七尾さんの手作りだからね」

「そうなのか」

「七月の暑い日にも中庭の剪定《せんてい》をしてくれた。私がお礼を言うたびに、『定年後の生きがいが見つかりましたから』と笑うんだ」

「いい人だな」

「だから、息子さんの自画像だけは常設にして、モナリザの隣に移したよ。中庭が一番よく見える特等席だからね」

「それはいいな。で、怪談というのは?」

「それは二つあって、まずは春休みのこと。美術館にきた児童クラブの子が、『笑顔の自画像が好き』と言ったんだ。自画像は口元をきりっと引き締めた顔でね、どう見ても笑顔ではないのに」

「そんなことが……」

「二つ目は、自画像をモナリザの隣に移したときだ。ほんの一瞬だったけど、息子さんが白い歯を見せて笑ったんだよ」

「ほう……。まっ、君が見たというのなら間違いないな」

二人は、残りの水割りをキューっと飲み干した。ママがすぐに新しい酒を差し出した。イタリアの赤ワイン「モナリザ」だ。

「いい話をどうも。これは店からのサービスよ」

ウインクした「六角」のママが微笑み、両手を重ねてモナリザのポーズをとった。

副作用

千尋《ちひろ》は、霊を呼び寄せてしまう体質だった。それがはっきりしたのは六年生のとき。修学旅行の旅館での出来事だった。

夜の班長会が終わり、千尋が部屋にもどろうとしたときのこと。千尋は、何者かが後をつけてくる気配を感じた。いっしょに歩く他の班長たちは気づいていない。もうすぐ長い廊下の曲がり角だ。深呼吸を一つした千尋が、恐る恐る振り返ると、痩せこけた青白い女が、近づいてきていた。女の下肢は透けている。どう見ても幽霊だ。

「もう、ダメ」

廊下にへたり込んだ千尋は、そのまま気を失ってしまった。

気づいたときには、先生の部屋に寝かされていた。幽霊を見たのは千尋だけだったので、大きな騒ぎにはならなかったが……。

旅行から帰宅後、千尋は自分の部屋で肩を落としていた。心配した両親は、蛇紋山《じゃもんざん》のふもとにある花咲神社に連れて行った。八木という宮司にお祓《はら》いを頼んだのだ。この名高い宮司のお祓いはよく効いた。千尋は、もう幽霊を見ることはなくなったのである。


一年後のこと。今度は妹の沙奈《さな》が修学旅行に行く番になった。行程は姉の千尋と全く同じ。つまり、あの旅館にも泊まることになる。沙奈を心配した両親は、旅行前に花咲神社に連れて行った。再び八木にお祓いを頼んだのだ。

お祓いの後、八木が少し眉根を寄せて言った。

「幽霊が見えないようにはしましたが、くれぐれも油断は禁物です。妹さんは、霊を引き寄せる力がとても強いのです。お姉さんの比ではありません。このお祓いをしたことで、思わぬ副作用がでなければいいのですが……」

そして、修学旅行の夜がきた。

沙奈も班長会を終えて、部屋にもどることになった。班長たちは、青白い蛍光灯の瞬くひんやりとした廊下を歩く。宿泊部屋の前を通るたびに、一人また一人と班長の数は減ってゆく。

沙奈は、何者かが後をつけてくる気配を感じていた。じわじわといいようのない不安が押し寄せてくる。曲がり角にきても、怖すぎて姉のように振り返れなかった。最後の角を曲がると、薄暗い常夜灯だけの短い廊下になった。その先は階段だ。いっしょに歩く班長も、もう沙奈の横に一人いるだけだった。恐怖に耐えられなくなった沙奈は、一人で階段を駆け下りて踊り場まできた。その壁には大きな鏡が埋め込まれている。それをちらっと見た沙奈は、その場に凍りついた。

「もう、ダメ」

鏡には、ありえないものが映っていた。沙奈はその場で気を失った。

沙奈の意識がもどったのは、姉と同じく先生の部屋。ありえないものは、沙奈にしか見えていなかった。八木の案じていた副作用が出てしまったのだ。

鏡に映っていたのは、痩せこけた青白い下肢だった。幽霊の下肢だけが、すーっと階段を降りてきたのである。

高知妖怪日記

大学生の小松は冬休みに旅をしていた。高知県西部のパワースポットを巡る旅だ。その小松の日記によると、

1月5日……中村駅で東京からきた沢村旬《しゅん》君と知り合う。沢村君は、将来は高知に移住して小学校の先生を目指すという。昔から高知が好きで、莉子《りこ》さんというステキな彼女もできたらしい。午後はJRで移動してオムライス街道を食べ歩き。その後は彼女の家を訪ねるとのこと。うらやましい限りだ。ついていくわけにもいかないので、予定通り土佐清水《しみず》市の遺跡を巡る。密集する巨石群は、太古の巨人が

積み重ねたように見える。遺跡からの帰り道、二人組の短大生と知り合いになった。ぬーちゃんとわーちゃんだ。一気に両手に花状態となる。これはパワースポット効果かも。でも、その後は奇妙なことが続いた。岸壁に竜が見えたり、知らない子どもから「相撲をとろう」と誘われたりした。あれは、妖怪「足摺《あしずり》岬の竜」や「シバテン」だったのかもしれない。

1月6日……昨日の二人組と大月《おおつき》町の神社を参拝。ご神体の三日月形の石が神秘的だった。ぬーちゃんが「ナイショのお願いをしたの」と、意味ありげにささやいてきた。わーちゃんのほうはずっと笑顔なので、何となくつられて笑ってしまう。でも、今日も奇妙なことが続いていた。山道で空中にぶらさがる怪しい布袋を見てしまった。雫《しずく》を垂らしていたので、あれは妖怪「茶袋《ちゃぶくろ》」だったのかもしれない。

1月7日……宿毛《すくも》を散策。二人組といると笑いが絶えない旅になった。でも、川辺でショキショキと小豆《あずき》を洗う音がしたり、山からギャーと大声が聞こえてきたりした。妖怪「小豆洗い」や「ヤマヒコ」なのだろう。小豆を洗うおじいさんや、犬とも猿ともいえない姿の妖怪が怖いなんて、とても二人組には言えない。その後、すれ違ったお遍路さんから「君は妖怪に狙われている。お祓《はら》いをするなら神社がいい。名高い宮司を教えよう」と耳打ちされた。紹介してくれたのは、アパートに近い花咲神社だった。いろいろ考えた末、明日帰ることにする。二人組に言うと、同行してアパートにも行ってみたいとのこと。

そして1月8日になった。

小松のアパートに寄った二人組は大はしゃぎ。「手料理を作るわ」と、ぬーちゃんが言うと「ワタシも手伝うわ。うふふ」と、わーちゃんが笑った。にやけ顔の小松は、自転車で花咲神社へと急いだ。

お祓いをするのは、八木という初老の宮司だった。小松は、持参した日記を見せながら旅での奇妙な体験を話した。ときおり「ふふふ」と、だらしなく笑っている。そんな小松をじっと見た八木は、少し眉根を寄せて語り始めた。

「君は妖怪を引き寄せやすい体質のようです。でも、足摺岬の竜、シバテン、茶袋、小豆洗い、ヤマヒコは、たいして害のない妖怪だから心配はありません。問題は害のある手ごわい妖怪です」

「ふふふ、へへへ、ひひひ……」

上の空もようの小松は、もう笑うばかりだ。

「もうかなり取りつかれていますね。さあ、目を閉じてください。祓い給《たま》い、清め給え、神《かむ》ながら守り給え、幸《さきわ》え給え、エイヤー！　●◇♯※$♭▼……」

八木がお祓い棒を振ると、小松の顔がみるみる引き締まってきた。ほどなく、八木が「ふぅー」と大きく息を整えた。

「よし、祓えました。妖怪は君から離れましたよ」

「ど、どんな妖怪だったのですか？」

「それはですね……」

アパートにもどった小松は、ほっとした顔でいつもの日記を書き始めた。

1月8日……八木さんの話を聞いたときは、本当に心臓が跳ね上がるような気がした。でも、おかげで害のある妖怪を祓うことができた。ぬーちゃんこと「布恵さん」は、魚の精霊で押しかけ女房になるらしい。わーちゃんこと「笑い女」は、土佐の三大妖魔の一つとされるヤバい奴だ。もう少しで布恵さんに居座られ、笑い女から半死半生の目に遭わされるところだった。

高知の女の妖怪、恐るべし。

表札泥棒

花咲警察署でのこと。恰幅《かっぷく》のいい上司が若い部下を呼んだ。

「今から、表札泥棒の張り込みをしてくれ」

「泥棒の家がわかりましたか？」

「いや、次の犯行現場の張り込みだ。その家で現行犯逮捕してくれ」

「目星がついたのですね？」

「そうだ。被害者が一ノ瀬社長、二宮町長と続いたときは、お偉いさん狙いかとも思ったが、その後はそうではなかった。おそらく数字好きの表札マニアだろう」

「と言いますと？」

「最初は一ノ瀬、次は二宮、そして三谷、四方《しかた》、五藤という順で盗んでいる」

「一から五までの数字ですね」

「そうだ。その後も六角、七尾、八木と続いている」

「ということは、次は九のつく名字ですね」

「間違いない。それに、九のつく名字は少ない」

「なるほど。確かに、ちょっと思いつきませんね」

「花咲町では九谷だけだ。九谷の家を見張れ！」

かくして部下は、九谷家の張り込みをしていたのだが……。

次の被害者は十朱《とあけ》だった。張り込みは失敗に終わったのである。

口惜しそうな部下が上司に尋ねた。

「なぜ九をとばして十になったのでしょう。ひょっとして犯人は九谷では」

「私も最初はそう思ったよ。だが、どうやら違うようだ。出版社勤務のサラリーマンでね。当日のアリバイもある」

上司が渋い顔をした。

「十朱の前の被害者は八木でしたよね」

「そうだ。花咲神社の宮司をしている。その道では有名な人物だ。この八木宮司だけが姓名が書かれた表札だった」

上司が残念そうにため息をついた。

「その姓名というのは？」

「それがなあ、八木官九郎だったよ」

Ⅲ章　小中学の奇談

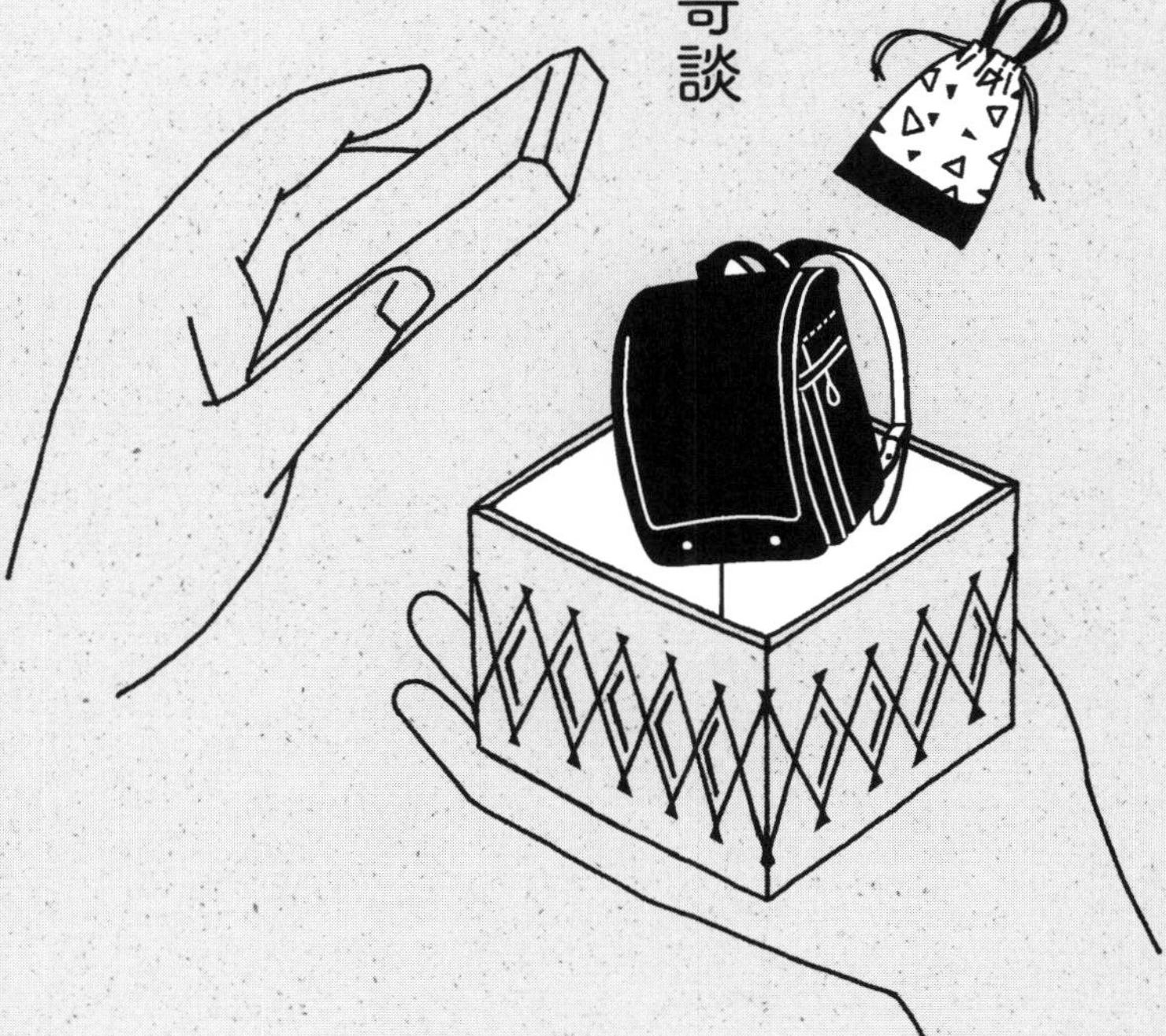

ごちゃごちゃ昔話

「妙子先生、大変です！　図書室で」

昼休みのこと、図書委員の理絵が担任の妙子のもとにやってきた。

「いったいどうしたの？」

「新しいＡＩ司書が、読み聞かせ中に壊れてしまって」

ＡＩ司書とは、花咲小に導入されたばかりのロボットのことである。

妙子が図書室に駆けつけると、ＡＩ司書の前には黒山の人だかりができていた。「桃太郎」の本を開いた司書の目は点滅し、ＡＩの暴走であることを知らせている。

「昔々、あるところにおじいさんとおばあさんがいました。おじいさんは山へカチ、釣りに出かけると、子どもたちが亀をいじめてカチ、むっとした亀は、それじゃあぼくとかけっこをカチ、うんとこしょ、どっこいしょカチ、おじいさんは亀を助けてカチ、食べようと包丁で切ったところカチ、中から可愛くて小さな女のカチ、赤鬼が現れてカチ。怒ったおばあさんが舌をハサミでカチ、鬼はもう悪さはしませんとカチ、三日三晩、はたを織り続けました」

集まった子どもたちは、腹を抱えて笑い転げている。

「これまで読み聞かせた昔話が、ランダムにつながっているわ。サイバー攻撃でも受けてしまったのかしら」

司書の暴走は止まらない。

「わらしべ長者がカチ、ンデレラ、さっさと食事の準備をしてカチ、成長したかぐや姫はカチ、真っ赤なリンゴに毒をぬりカチ、枯れ木に花を咲かせましょうカチ、山寺の和尚さんがカチ、ガラスの靴をはいてカチ、ランプの魔人のカチ、おしりに噛《か》みついてカチ、♪お腰につけたきびだんごカチ、♪たちまち太郎はおじいさん」

「あはは、歌まで入ってごちゃごちゃだ。あはははは……」

「理絵さん、早く教頭先生を呼んできて」

すぐに、メカに詳しい教頭が飛んできた。教頭は司書の背後に回り、自動修復ボタンを長押しした。

ピー、カチカチカチ、シャキーン！

「よっしー、直ったぞ！」

教頭が声を弾ませた。司書の目は、もとの優しそうな目にもどっている。

「昔々、あるところにおじいさんとおばあさんがいました。おじいさんは山へしばかりに……」

司書は、ちゃんとした「桃太郎」の読み聞かせを始めた。顔をほころばせた教頭が、すかさず子どもたちに声をかけた。

「さあ、みんなは図書室にきたのだから、今日はぜひ本を借りていきなさい」

「はーい」

「久しぶり」

「たまには借りようか」

子どもたちの様子に目を細めた教頭は、足取りも軽く職員室にもどり始めた。

――最近は、スマホやタブレットで読む電子書籍ばかりで、本の貸し出し数が激減している。昭和生まれの私としては、紙の本をもっと読んでほしいよ。

廊下の曲がり角で立ち止まった教頭が、近くに誰もいないことを確認してつぶやいた。

「ふふ、マル秘のサイバー攻撃は大成功！」

そのころ図書室では、ちょうど「桃太郎」の読み聞かせが終わったところだった。

「めでたし、めでたし」

珍答だらけ

ここは花咲小の教室。居残りをさせられた依田正志《よだまさし》が、担任の妙子に叱られていた。

「正志君、こんなことをするきっかけは何だったの?」

「それは弟のクラスで……」

正志によると、一年生の弟のクラスでおもしろい珍答があった。『おとうさんおか○さん』という穴埋め問題でのことだ。

正解はもちろん『おかあさん』なのだが、『おかのさん』と弟がふざけると、次々に『おかださん』『おかげさん』『おかまさん』という声が上がり、大爆笑になったという話だった。

「だからボクもやってみようと……」

「それで？」

「最初は塾で珍答を作りました。国語で『あくまでも』の短文作りです。『あくまでもゾンビでもこわくない』としたらかなりウケて、次の『まさか〜ろう』では、『まさか君がたろう』としたらどっとウケました。これですっかり珍答作りにハマってしまいました」

妙子の表情は少し和らいでいた。

「他にはどんなのを作ったの？」

「慣用句の問題で『焼け石に○』を『水』ではなく『芋』にしました」

「なるほどね」

「書き取りでは『よし子さんはアンザンが得意です』の漢字を『暗算』ではなく『安産』と書きました。数え方の問いでは『セミは一匹、二匹です。さて馬は？』というところで、『一着、二着』としました」。ちなみにボクの父さんは大の競馬好きなのです」

「塾の先生もあきれたでしょう」

そう言った妙子は、笑いを噛《か》み殺すような表情だ。

「そのノリで、今日の算数ドリルでも珍答にしたのね」

正志の珍答は単位換算の一問だった。

問『1kg＝○○○○g』

答は『1000』なのに、『イチキロ』としたのである。

「正志君には、何かユニークな才能がありそうね。でも、ここは学校なのよ。もっとまじめにやってちょうだい」

「ごめんなさい。もう珍答は作りません」

「それじゃあ、もう一問追加します。ちゃんと正解したら今日は許してあげる」

「はい、まじめにがんばります」

「では、正志君がお正月にお年玉をもらったとします。合計3万円ね。大金なのでお父さんが預かって、毎月3万円の1割ずつ渡してくれることになりました。さて、正志君は毎月いくら渡してもらえますか？」

「それは、0円です」

「あのねぇ、つまり3万の1割はいくらかという問題でしょ。さあ、正志君はいくらもらえるの?」

「やっぱり、0円です」

「もうっ! さっき、まじめにがんばると言ったでしょう。もうすぐ卒業して中学生になるのよ!」

ここで、正志はきっぱりと言い返した。

「先生こそ、ボクの父さんのことをよく知らないでしょう。競馬狂いの父さんは、いつも有り金をはたいて負けてしまうのです」

奇妙な祟《たた》り

ここは高知市内のとある小学校。

巷では「結婚できない学校」と噂《うわさ》されていた。過去二十年以上、結婚した教職員が誰もいなかったからだ。

二年生担任の佳奈は、ずっとその噂を気にしていた。そんなとき、何度目かの婚活パーティーで、やっとタイプの彼を捕まえた。このチャンスを逃すわけにはいかない。そこで、学校との縁を切ろうと転任希望を出していた。

そして迎えた異動内示の日のこと。

校長室に呼ばれた佳奈は、にっこりと白い歯を見せて頭を下げた。

「ありがとうございます。希望通り異動できたのですね」

声を弾ませた佳奈に対して、高橋校長はとぼけた調子で返した。

「まっ、ソファーに座りなさい」

「うれしいです。だってこの学校にいたら、彼と結婚できませんから」

「はっきり言うね。でも、そんなことを人事担当には言えないからねえ……。まっ、君は五年いたから異動になってもおかしくはない」

「とにかくよかったです。これで祟りが解け、彼とゴールインできます」

佳奈がさらに声を弾ませた。高橋校長は少し眉根を寄せた。

「で、そもそもそんな学校になった原因は何だろうね？」

「青年団とのパーティーで聞いたのですが、隣町の蛇紋山《じゃもんざん》には蛇の化け物がいるらしいです。そんなお化けの祟りではないかと」

「ほう、祟りか。本校はその昔墓地だったらしいからね。それなら、有名な八木宮司さんにお祓《はら》いを頼むか」

「それはいい考えだと思います」

「でも、立場上そんな非科学的なことはできないよ。まっ、君の代わりにくる吉井君も独身らしい。彼には、奇妙な祟りを打ち破ってもらいたいものだな」

佳奈が両手で口を覆った。

「ん？　吉井浩介君だが、知り合いかね？」

高橋校長を睨《にら》んだ佳奈が、すっくと立ち上がって声を荒らげた。

「もうっ！　祟りだわ。浩介さんはワタシの彼です！」

遊具の幽霊

私の初めての勤務校は、高知市内のマンモス校だった。校舎も北舎、中舎、南舎と三つもあった。北舎と中舎の間には広い中庭があり、たくさんの遊具が置かれていた。学校には、よく都市伝説的な噂《うわさ》があるものだ。その中庭にも「男の子の幽霊が出る」という噂がささやかれていた。実は、私も一度だけ怖い体験をしたことがある。それは秋の放課後のことだった。

当時の私は安全点検の担当で、遊具のチェックをしていた。月一で、学年主任の清岡先生と中庭を回っていた。主任は、隣町の花咲小からきた年配の先生だった。

その日はジャングルジム、シーソー、滑り台などは異常なし。最後のブランコというところで、校内放送が聞こえた。

「清岡先生、お電話です。職員室におもどりください」

清岡先生は、すぐに中舎の二階に向かった。中庭には私一人が残された。秋の日はつるべ落とし。あっという間に日が暮れてきた。下校後なので子どもの姿もない。中庭は凍りついたように静まっている。私は何となく嫌な予感がしていた。それでも仕事なのでブランコの点検を始める。少し錆《さび》が浮いているが金属部分の損傷はない。腰掛の腐食、不具合もなかった。実際に乗り、キィー、キィーとこいでみる。思ったより重い感じだったが問題なく遊べる。子どものころを思い出した私は、清岡先生がもどってくるまでこぎ続けた。それは三分くらいだっただろうか。不意に、耳元でチッという舌打ちのような音がした。それとほぼ同時に、もどってくる清岡先生の姿が見えた。

「お待たせしてごめんなさいね」

「ブランコも異常なしでした。今月の点検もオーケーです」

「ご苦労様。あなたは気が利くのね」

その後に続く言葉で、ひやりと冷たいものが私の背中を走った。

「さっき二階から見えたのよ。男の子をおんぶして、ブランコをこいでいたでしょう。あの子はもう帰ったの?」

宿直日誌

これは、花咲小の教務主任から聞いた宿直にまつわる話。

昭和のある時期までは、学校には宿直があった。当番の先生が学校に寝泊まりしていたのだ。その日の当番は、新しくきたばかりの先生だった。病休の先生の後任で、大学を出たばかりの若い女性である。ふつう宿直は男先生の担当だが、その日は年に一度のお祭りの日。男先生たちは、遅くまで神社周辺を見回っていたのである。

宿直を任された女先生は、校内を巡回中に小さな人影を見つけた。教室の奥、ガラス窓の向こう側だった。懐中電灯を向けると、男の子が顔を出していた。恨めしそうにこちらを見つめている。お祭りの帰りに学校に寄ったのねと、女先生は腕でバツ印を作った。九時には帰る約束なのに、もう十時に近かったのだ。男の子はさっと隠れた。ベランダで身をかがめて、そのまま非常階段を下りたのねと、女先生はそう判断した。そして、巡回後の宿直日誌に「施設や戸締りは異常なし。十時ごろ、二階のベランダに男の子がいて、教室をのぞいていたので注意した」と記した。

翌朝、女先生は校長室に呼ばれた。

「君、この日誌の男の子だが……」

「はい、たぶん三年生くらいでした」

「本当に二階の窓からのぞいていたのかね」

「はい、間違いありません」

「あのねぇ……」

若い女先生にとって、それは衝撃的なひと言になった。次の日から、女先生は学校にこなくなったのである。

ここで一旦、話を止めた教務主任は、しばしの沈黙のあと残念そうに続けた。

「いい先生だったけどね……。日誌を読んだ校長はこう言ったんだ。二階の窓からのぞくなんて、その子はお化けか幽霊だ。うちの学校にベランダはないからね」
女先生は見てしまったのである。

黒い人

これはベテランの用務員、筒井のごく最近の怪談話である。

筒井は、花咲小退職後も再雇用されている。正規の用務員が短期間休むとき、すぐに代わりを果たす臨時の役である。

師走になり、ある小学校から声がかかった。三日だけのピンチヒッターだった。

冬の日暮れはあっという間に夜を連れてくる。懐中電灯を手に三階から巡る筒井は、廊下、教室、トイレなどを見て二階に降りた。すると、廊下の途中にあるトイレに怪しい影が入っていった。まるで悪魔のような雰囲気の黒い人だった。

五時を過ぎると、一階以外は消灯という学校なので、二階はどこも薄暗い。筒井は急いでトイレの前にかけつけた。廊下との境目にドアがない男子用トイレなので、中に向かって懐中電灯で照らしてみた。トイレの右側には掃除道具入れと個室があり、左側は男子用の便器が並んでいる。よく見ると、個室の奥のドアだけが閉まっていた。中から鍵を閉めるタイプなので、誰かが入っているはずだ。筒井は、さっきの怪しげな黒い人だろうと考えた。

「誰かいますか。私は点検中の用務員です。出てくるか、ノックでもいいので反応してください」

そう何度か声をかけたが、何の反応もなかった。手前の掃除道具入れを開けると脚立があった。筒井はそれを個室の前にセットし、上ろうと足をかけたその瞬間、

「そこまでしなくていいです」

いつのまにか、一人の小柄な男が入口に立っていた。その顔は、どことなく妖怪「小豆《あずき》洗い」に似ている。

「教頭です。本日の勤務は終了しました」

「でも……」

「本日の勤務は終了しました。以上！」

その有無を言わせぬ口調に、筒井は脚立をしまって一階に降りた。

どうしても納得できなかった筒井は、明日復帰する用務員に手紙を書いた。黒い人についての詳しい報告である。

翌日の遅くに、復帰した用務員から筒井に電話がかかってきた。

「筒井さん、お手紙ありがとうございました。不審者の侵入だったら大ごとなので、朝一番で校長と教頭に伝えました。すると、奥のトイレには使用禁止の張り紙が貼られました。帰りの点検では、自分もいつも以上に念を入れて見たのですが」

ここで声を潜めた用務員は、言いにくそうに続けた。

「奥のトイレの中に、なんと盛り塩が置かれていたのです」

「それって、厄除けとか魔除けとか……」

「今年きた自分にはわかりませんが、校長も教頭も、何となく余計な詮索はするなという態度でした」

「なんでそんな？」

「おそらく本校には外に出せないというか、管理職しか知らない何かがあるのではと思います」

あんぐりと口を開けた筒井だったが、さらに続いた意外な事実にゾッとしたという。それは、

「そもそもですが筒井さん、うちの教頭先生は……女性なのですよ」

心霊スポット

学級懇談の席で、保護者から担任へ相談が寄せられた。

「町内の廃屋が生徒の遊び場になっています。どうやら心霊スポットに見立てて、肝試しをしているらしいのです」

「それはいかんですね。わかりました。明日、すぐに指導しておきます」

担任の宮田が任せておけと胸を叩《たた》いた。保護者からの要望には、何でも応えようとする若手の先生だった。

翌日のホームルーム、さっそく宮田が語り始めた。

「今日は、先生が大学生だったときの話をする。友達の車でドライブをしたことがあった。目的は、心霊スポットを巡る肝試しだった」

いつもと違う話に生徒は身を乗り出した。

「まずは噂《うわさ》の廃病院を訪れた。ところが、病院は取り壊されていて駐車場になっていた。仕方なく、これまた噂の幽霊トンネルに移動した。幽霊を見ようと何度も往復してみたが、すべて空振《からぶ》りに終わった。そこで最後に、必ず出るという山奥の霊園に向かった。山道を進んでいくと、CDが全く聞こえなくなった。何となく嫌な雰囲気だ。霊園を少し過ぎて車を停めた友達は『もう夜だし、自分はここで待っているよ』と言って固まってしまった。先生は『肝試しは自分の勝ちだね』と、車を降りて霊園のほうに山道を下っていった」

生徒は皆、無言で集中して聞いている。

「虫の音だけが聞こえる不気味な所だったが、怖いことは何も起こらなかった。もう戻ろうとしたところ、ぴた、と虫の音が止んだ。ほぼ同時に、微かに音楽が聞こえてきた。音のするほうへ歩いていくと山道に出た。友達の車も停まっている。あれ？　もっと上のほうに停めていたはずだが。そうか、乗りやすいように移動してくれて、復活したCDを聞いていたのかと思い直し、助手席のドアを開けると白い服の女の人がいた。長い髪で青白い顔をしている。で、出た！」

生徒は皆、のけぞった。

「必死に山道を駆け上がると車が見えた。今度こそ友達の車に間違いない。助手席に駆け込み早く出してくれとせかした。車が走り出すと、すぐにさっきの車が見えてきた。目を凝らすと、友達と全く同じ車だった。その色も屋根のルーフキャリアまで一緒だ。追い抜くとき、運転席の女の人がニヤリとした。そうか、全く同じ車だったから間違えたのか。女の人もそれに気づいて、先生のうっかりミスを笑ったのだろう。恥ずかしかったなあと思った瞬間、友達が急にスピードを上げた。話しかけても何も応えない。黙ったまま、転げるような勢いで山道を下ってゆく。ハンドルを握る腕には鳥肌が立っていた。足達靴店の灯りが見えてきたところで、やっと友達が『ヤバいよ』と口を開いた。『どうして？』と訊《き》き返すと『あの車、廃病院の駐車場にも停まっていた。幽霊トンネルでもすれ違った。ああ、女の幽霊がずっとついてきていたんだ』その瞬間、先生もゾクッとして……」

余韻を残すように話し終えた宮田は、生徒たちにこう釘を刺した。

「幽霊はどこまでもついてくる。そのときは害がなくても、相手はこの世のものではない。いずれ悪さをするかもしれないぞ。だから、心霊スポットなどには絶対に行くなよ」

残念ながら、宮田の指導は裏目に出てしまった。面白がった生徒たちが、一連の話をネットで広めてしまったのだ。すると、廃屋での肝試しもますますエスカレートした。ついには、廃屋の持ち主が花咲中に怒鳴り込んできた。

「学校のせいで売り家が事故物件扱いだ。どうしてくれる。責任を取れ！」

校長室に呼ばれた宮田は、きつく叱責されてしまった。

「教育公務員として、もっと常識的な範囲での指導をしなさい！」

もしかすると、あのついてきたという幽霊が、今になって悪さをしたのかもしれない。

大先輩

時計の秒針だけが聞こえる真夜中のこと。十朱《とあけ》は、もう学校を辞めようかと眠れぬ夜を過ごしていた。毎日遅くまでの長時間労働。土日も、採点や授業準備の持ち帰り仕事でつぶれる。ベストな対処法がない不登校やいじめ、際限なく増え続ける事務作業、ふつうではない保護者への対応などなど。今日は「兄弟げんかを止めてほしい」という電話もあった。管理職に相談しても「モンスターペアレントを刺激しないように。理不尽でもこじれるよりはマシ」としか言わない。自分はコンビニと同じ。二十四時間対応の便利屋だと十朱はうなだれていた。

十朱は、妻や娘にも相談してみたが一蹴されていた。

「あなた、そのくらいのことで公務員を辞めないで」

「お父さん、先生でしょう。しっかりして」

「うーん……」

「先生、こんばんは」

不意に聞きなれぬ声がした。教会の牧師さんのような口調だ。

「先生、今から集会に参加しませんか?」

十朱が起き上がると、枕元に蝶ネクタイをしたゴキブリがいた。すっくと立ちあがったゴキブリは、昆虫というより知的な生命体のようにも見えた。頭の中をいくつもの感情が去来したが、脳が処理しきれない。

――猫の集会なら聞いたことがあるが、まさかゴキブリの集会とは……。

ふだんから何事も断れない性格の十朱は、大人しくゴキブリについて行った。

集会の場所はキッチンだった。低くうなる冷蔵庫の前には、ゴキブリたちが集まっていた。それぞれが、おしゃれな蝶ネクタイをつけている。

「あのう、妻や娘ではなくどうして私を?」

「先生の奥さんは、ホウ酸団子を置きまくります。娘さんは、ハエタタキで攻撃してくるのです。どちらも殺人鬼ですよ」

それは殺人ではなく殺虫ではと、十朱は言おうとしたが、自分はいい人と思われているようなので黙っていた。

「皆さん、喜んでください。おおらかで優しい先生がきてくれましたよ」

十朱はそんな紹介をされた。すると、ゴキブリたちが拍手のように羽をばたつかせた。その後は、長い触角でコミュニケーションをとっていた。十朱が訊《き》いたところ「独自のネットワークがあり、大切な情報を共有している」とのこと。今夜は「長老が老衰で死んだ」という訃報と、「地球にやってきた宇宙人が何やら企《たくら》んでいる」という信じ難い情報だった。連絡はそれだけで集会はあっけなく終わった。ゴキブリたちは一匹、また一匹とその姿を消していった。最後は、十朱に話しかけてきたゴキブリと二人きり、いや一人と一匹だけになってしまった。

「私は見ているだけだったけど」

「先生が見てくれてうれしいです。だから、皆も蝶ネクタイをしてきたのです。では、おやすみなさい」

狐《きつね》につままれたような十朱は、寝室にもどると久しぶりの深い眠りに落ちた。

翌朝のこと。キッチンで一匹のゴキブリが死んでいた。

「見えないところで、この十倍は死んでいると思うわ」

ホウ酸団子を置いた妻は鼻高々だった。起きたばかりの娘も、あくびをしながらうなずいている。

――あれは老衰で死んだという長老に違いない。ホウ酸団子はバレバレで、ゴキブリたちはピンピンしているというのに。

朗らかに笑い合う二人は、朝からせんべいをかじり始めた。

――あのせんべいのかけらは床に落ちて、ゴキブリのご馳走《ちそう》になるのだろう。

コーヒーを飲みながら、十朱は考えを巡らせた。

――こうやって、古生代から三億年もしたたかに生きてきたのか。うーん、さすが生きた化石、人類の大先輩だ。二人にも真実を話してやりたいがやめておこう。たぶん、またバカにされるだけだ。黙っていれば、大先輩たちも私に感謝し続けてくれることだろう。集会の後はよく眠れたので、何となく元気が出てきたような気がする。今日教えるのは星野教授の小説だ。地元の花咲大卒の作家さんだし、生徒が楽しかったと思える授業がしたいものだ。

いつもより早く家を出た十朱は、足取りも軽く花咲中に向かった。


そのころ冷蔵庫の裏では、ゴキブリたちが長い触角を動かしていた。

「思ったより単純だったね」

「まあ、人間の男だからな」

「少しだけ自尊心をくすぐればいいのだよ」

「本来は家族がやるべきことだ。まあ、あの鬼嫁とバカ娘ではムリか」

「でも、せんべいのかけらを落としてくれた」

「おっしゃるとおり」

「それでは、せんべいのかけらに拍手！」

暗い冷蔵庫の裏で、ゴキブリたちが一斉に羽をばたつかせた。

小さな奇跡

　ここは花咲中の保健室。カーテンで覆われたベッドには、中一になった依田正志《よだまさし》が横になっていた。風邪気味でウトウトしていた正志に、女子二人の会話が聞こえてきた。

「朝出掛けにケガでさあ」

「やれやれや」

「痛いよ痛い」

「残念捻挫」

——あの声は同級生の女子だ。どうやら保健の先生はいないようだな。

正志は耳をそばだてた。

「わたし今めまいしたわ」

「熱咳の季節ね」

正志は、さらに耳をそばだてた。

「痛テスト捨てたい」

「ダメダメだ」

「答案アウト」

「最下位さ」

二人組の会話は止まらない。

「わたし好きでキスしたわ」

「ええ」

突然、恋バナが始まった。正志は、一言一句聞き漏らすまいと集中した。

「好きのしるしのキス」

「だれだ」

「池田圭《いけだけい》」

「おお」

驚いた正志は、がばっと起き上がった。その気配に、二人組がさっとカーテンを開けた。

「依田だよ」

「意外や意外」

二人組の目が点になった。

「正志さま」

「寝ていてね」

赤面した二人組が、足早に保健室から出ていった。

奇跡的なことだが、ここまでの会話はすべて回文になっていた。

保健室に一人残った正志も、つられたように回文でつぶやいた。

「すまねえねます」

辛抱

イヤホンから、サイモン&ガーファンクルの「早く家に帰りたい」が流れていた。古いけど大好きな曲だった。

実は、ボクらも二人でバンドを組んでいる。最近は、学校の移動音楽教室から呼ばれることが多くなった。花咲小中ともノリがよく、子どもたちと楽しいコンサートができた。夜は、小中連携合同反省会という名目の宴会に招待された。酔った先生たちが学校にまつわる怪談や、おもしろい話をいろいろ聞かせてくれた。先生はまじめでお堅い方ばかりではなかった。人を見かけや職業で判断してはいけない。

見かけといえば、ボクは背が高いけど相棒はかなりの小柄だ。だから凸凹コンビといわれている。そこはサイモン&ガーファンクル似だけど、全国的には無名なので苦労も多い。お互い金欠のせいで、演奏旅行では辛抱することばかりだ。

曲が終わったのでイヤホンを外すと、花咲駅のホームに列車が入ってきた。ぬるい風とともにドアが開く。

「よいしょ」

ボクは、大きな楽器ケースを担いで乗り込んだ。もちろん相棒もいっしょだ。ドアが閉まり、列車がカタン、トトンと走り始めた。ガラス越しに町並みが流れてゆく。花咲町か、また来たい町だな。

「あっ」

向こうの山から、オレンジ色の物体が飛び立った？　UFOのようにも見えたけど、まさかそんなことが……。

「早く家に帰りたい」

突然、相棒のか細い声が聞こえた。すまないけど、今日も辛抱してくれよ。

ボクは、楽器ケースに潜む相棒に手を合わせた。

Ⅳ章　救世主の奇談

お山の御殿

昔々のこと、蛇紋山《じゃもんざん》に山賊の男がいた。町で悪事の限りを尽くしたため、追われて山に逃げ込んだ札つきのワルだった。

ある昼下がり、山賊は沼のほとりで蛇を見つけた。蛇は蛙を狙っている。蛇嫌いの山賊は足元の石を投げつけた。すると山賊を睨《にら》んだ蛇は藪《やぶ》の中に消え、蛙は沼の中へと跳ねていった。

その晩は月のない曇り空だった。山賊が、がらくたまみれの押入れから布団を出していたとき「こんばんは」という女の声がした。戸を開けると美しい娘が立っていた。

「山道に迷いました。一晩泊めてください」

「いいだろう。蛇紋山は滑りやすいから夜歩くのは危険だ」

――なかなかの上玉《じょうだま》だ。この山小屋にきてからツキに見放されていたが、やっと運が向いてきたぜ。

山賊はしめしめと娘を招き入れたが、すぐに睡魔に襲われてしまって……。

次の朝、山賊は立派な御殿で目覚めた。粗末な山小屋が御殿に変わっていたのだ。

「春のお部屋へどうぞ」

枕元であの娘が案内した。桜に鶯《うぐいす》の描かれた襖《ふすま》を開けると、鯛《たい》の膳が用意されていた。

正座した娘が耳元でささやいた。

「一つお願いです。他にも夏、秋、冬という名のお部屋があります。冬のお部屋だけはのぞかないでください」

山賊は、にんまりと微笑みを浮かべた。

昼の食事は夏の部屋だった。山百合の襖を開けると、鰻《うなぎ》の膳が並んでいた。夕食は秋の部屋だった。満月とすすきの襖を開けると、松茸《まつたけ》ご飯の膳があった。何度でもおかわりができたので、山賊は丸々と太ってしまった。

夕食後、娘は冬の部屋に入っていった。閉じた襖には雪山の風景が描かれている。

「最近はいくら稼いでも、なぜか貧乏暮らしだったから夢のようだ。あの娘は、助けてやった蛙の化身だろうか。いや、ひょっとしたら福の神なのかもしれない」

そうつぶやいた山賊は、我慢できずに少し襖を開けた。

「うあっ！」

瞼《まぶた》がない目が山賊を睨んでいた。

シャー！

蛇の化け物が大きな口を開けた。割れた舌がちょろちょろと動いている。丸々と太った山賊は、蛙よりも美味しそうだというように……。

アツアツ物語

熱田熱司《あつたあつし》と岩本温子《いわもとあつこ》は恋人同士だった。

その名のとおり、アツアツの二人は無類の風呂好きだった。風呂といっても熱司はサウナ、温子は岩盤浴と好みが違っていた。

そんな二人のデートは、いつも花咲公園近くの「イチノセスパ」。一ノ瀬産業が経営する大型の温泉センターだ。そこにはサウナと岩盤浴があった。さらに、流れるプールやジャグジー、打たせ湯なども完備されていた。

思い切り汗をかいたあとの二人は、混浴ゾーンのプールで語らい続けた。心地よい浮遊感を楽しみながら、二人は花咲神社での挙式に始まり、マイホームの話までしていた。

だが、ここで二人の顔が曇る問題が……。

熱司はホームサウナ、温子はホーム岩盤浴が欲しいと対立したのだ。どちらもスパ施設レベルのもので、かなりの高額である。新築だけでも贅沢なのに、二つとも設置することは不可能な話だった。

汗をかくのは同じだが、そこはこだわりのある二人。自分の好みは絶対に譲ろうとしなかった。会えば必ず、そのことでケンカをするようになってしまった。

熱司は一度だけ岩盤浴を試してみたが、全く物足りなかった。サウナのほうがずっとリフレッシュできて、多幸感をもたらしてくれたのだ。

温子も一度だけサウナに入ってみたが、九十度以上の高温に一分ともたなかった。岩盤浴で得られる美肌効果も、入浴後のご飯の美味しさも、質のいい睡眠も絶対に必要なことだった。

そして、ブルーになった二人の恋は終わってしまったのである。

時は流れて、五十年後のこと。

「おーい、温子さんだよね」

「まあ、熱司さん……」

とある所で二人は再会した。

二人とも、あれから別々の人生を歩んできた。互いに新しい恋人ができ、結婚してもう孫もいる。

別れの原因となったサウナと岩盤浴は、今ではごく普通の家電だった。その耐久性や安全性も向上し、安価に販売されていたのである。

「いつか君に会えるような気がして、よくここにくるんだよ」

「まあ……」

ふっと泣きそうに笑った温子が、熱司の近くに寄ってきた。

「温子さんの笑顔は魂に沁《し》みるよ」

熱司の目尻は下がりっぱなしだ。

「もう少し待っていれば、ケンカをせず結婚していたかもしれないなあ」

「そうね。はたから見たら、考えられない理由で別れたのよね」

「若気の過ちか……」

熱司は少し残念そうな口調だ。

「でも、ここで熱田熱司王子様が待っていてくれたなんて」

「いや、どういたしまして温子お姫様。あっ、ごめん。今の姓は何？」

「うーん、忘れちゃった。温子だけでいいわ」

温子の口もとから白い歯がこぼれた。見つめ合う二人は、サウナや岩盤浴以上に熱いものを感じていた。

「お互いリセットできたようだから、またつき合ってくれるかな？」

「喜んで。とても幸せな気分よ」

流れる水につかりながら、二人はいつまでも語らい続けた。

心地よい魂の水浴。

三途の川は、今日もおだやかに流れていた。

カモ

カツカツとヒールの音を響かせた理沙は、新車を買おうと花咲カーセンターを訪れた。理沙は夫の清水准教授を尻に敷き、財布のひもを握っていた。

カーセンターの電光掲示板には『太陽車のある豊かな暮らし』の文字が流れている。太陽車は、超軽量小型の核融合炉を積んでいた。太陽と同じ仕組みのエネルギーを生む技術で、炉の温度は一億度を超える。最先端の高級車だが、理沙は値切り倒して買うつもりだった。

――ネット販売では車は値切れない。昔から車は値切って買うものよ。

理沙が太陽車の見積書を頼むと、受付のロボットがコーヒーとおしぼりを運んできた。

——さてと、これからが勝負ね。

ほどなく、販売員が見積書を出してきた。税込みで６００万円。政府奨励の車だけあって税がハンパではない。

「高すぎよ、値引きしてちょうだい」

「日々進歩している安心・安全の太陽車です。当店はワンプライス販売を厳守しています」

「自販機で缶コーヒーを買うのとはわけが違うわ。何とかならないの」

待ってましたとばかりに、販売員が笑顔をみせた。

「今なら、車両本体価格を30万もお値引きいたします。いかがですか」

「それでも高すぎるわ。私はローンを組まない主義なの」

理沙が大きな目で睨《にら》むと、販売員が小声でささやいた。

「今日決めていただければ、さらに30万お引きしますよ」

「はあ？　もっと値引きはできないの？」

「わかりました。主任と相談してきます」

販売員が席を外している間、理沙はこのあとの展開を思い描いた。

——次は諸費用をサービスさせ、無料のオプションも要求して……。

「おまたせしました」

背筋を伸ばした販売員は、少しネクタイを直してから言った。

「手続代行料10万をサービスします。それと、高級シートカバーも無料でお付けします。これは、10万もする本革製品です。ひょっとして下取り車もあるのでは？」

「下取りはないわ。今のところ80万の値引きというわけね。太陽車はとにかく税が高すぎるわね」

「はい、高い取得税がかかります。政府もこの件には前向きに取り組んでいますが……」

「政府ねぇ……」

理沙がぷいと横を向いた。

「では、所長にも相談してきます」

ロボットが、洋梨のチーズタルトを運んできた。

――よし、もっと値切れそうね。

もどってきた販売員は、いくぶん声を落として言った。

「おまたせしました。納車費用の10万円もサービスいたします。これで90万ものお値引きです」

「90万くらいで限界なの？」

販売員の表情を探りながら、理沙は疑わしげな声を出した。販売員は語気を強めた。

「値引きはもう限界です。何とか今日決めていただけませんか」

「今日ということに、えらくこだわるわね」

「今日は月末です。実はあと一台売ると、今月のトップ販売員になれるのですよ」

販売員はすがるような笑みを浮かべている。

――そんな事情があったのね。よし、それなら一気に30％ＯＦＦ、つまり１８０万くらいは値切らなきゃ。

理沙は唇に皮肉な笑みを浮かべた。

「トップ販売員になりたいわよね？」

「お客様、これ以上のお値引きは……」

販売員の笑顔が一瞬、泣き出す寸前のように歪《ゆが》んだ。

「だって、トップになればいいことがあるのでしょう」

「いや、それは……」

考えを巡らすそぶりで黙り込んだあと、販売員はにこやかに口を開いた。

「お客様、新古車という選択があります」

「へぇ、お得な新古車もあるの」

「はい、展示車なので一切使用されていません。色も人気のパールホワイトです。これなら一気に200万のお値引きとなります」

理沙は背もたれに深く身体を預けた。

「もう一声、お願い！」

「わかりました。210万引きにします。これは破格の35%OFFです」

理沙がパッと笑顔になった。それを見た販売員は、うれしそうに手を揉み合わせた。

「ありがとうございます。ただし世間には公表できない破格の値引きですので、契約後の取り消しは絶対にできません。すみませんがこれを……」

「いいわよ、今日中に現金で払うし、後で返品はしないという念書も書くわ」

「ありがとうございます。お車は本日中に必ず納車いたします」

花咲カーセンターの所長が、販売員の肩に手を置いた。

「いいカモがやってきたものだ」

「はい、ナイスタイミングでした」

「政府のお偉いさんから情報があったからな。庶民には、明日公表されるというマル秘の情報だよ」

「返品はしないという念書も取っています」

「さすがに抜け目がないな。これで今月も君がトップ販売員だ」

二人は声を合わせて笑った。


翌朝のこと。臨時ニュースを見た理沙は、大きな目を吊《つ》り上げた。画期的な新技術を人類が手に入れ、核融合炉がさらなる進化をしていたのだ。そのパワーは絶大で、太陽車は空も飛べるようになった。このことを祝い、高額だった取得税が全額免除となった。太陽車は、もはや高級車ではなくなったのである。

画面には花咲カーセンターが映り、電光掲示に流れる文字のアップになった。

『最新の太陽車販売解禁！　パワーアップで空も飛べる！　しかも価格は旧型の80%OFF！』

仁淀《によど》ブルーツーリング

手術を終え退院した山本は、すぐに愛車にまたがって走り始めた。久しぶりに全身で風を切る感覚。すぐに山本とバイクはひとつの風になった。

高知自動車道に入り、最初のパーキングエリアに立ち寄る。ここで炭焼きの牛串を食べた。一本で物足りなかった山本は、あと十本も買い足した。おまけに、いのししコロッケまで追加だ。

——さあ、これで可愛い莉子《りこ》のもとへレッツゴー！

トンネルを抜けるたび、緑色の世界が飛んでいく。山本は飛ばしに飛ばした。バイクの振動で、牛串とコロッケの栄養が体中に回り始める。高知市を過ぎて高速を降りると、もうそこは花咲町。葉を茂らせた公園の桜が迎えてくれた。久しぶりの莉子との再会に、山本の胸は高鳴った。

ところが莉子は留守だった。

仕方なく予定変更。仁淀川近くの道を走ることにした。しばらくは仁淀川沿いのツーリングだ。世の中は激変し続けているが、このあたりは昔から変わらない。車が走る道端で、猫が背伸びをしている。山本は、支流も含めていろんな場所に立ち寄った。沈下橋の下にはアマゴやアユが泳ぎ、河原の石をひっくり返すとサワガニがいた。平たい石を見つけると水切りをした。山本の投げた石は、常時二十回近く跳ねた。遊泳場の「アカイセ」では川に飛び込んだ。仁淀川は美しい。仁淀ブルーといわれる特別の川は、まさに神秘的な青の絶景だった。有名な「にこ淵《ぶち》」だけではない。名もなき場所にも仁淀ブルーはあったのだ。

夕方になり、莉子に電話をかけたが反応はなかった。やむを得ず、山本は河原でソロキャンプをすることにした。焚《た》き火でアユを塩焼きにする。急流を力強く泳ぐアユは、形がきれいでとてもおいしい。明日は山本の記念すべき誕生日なので、前祝いとして土佐酒を一気飲みした。だんだん酔いが回ってくると、炎の中に莉子の幻が見えた。

「退院してすぐの遠出はダメよ」

風が運んできたような声だった。幻の莉子は眉をひそめていた。

——昼間は仁淀ブルーに癒されたが、莉子はマリッジブルーかもしれない。

病院から電話で話したとき、山本は何となくそんな気がしていた。だからすぐに愛車にまたがったのだ。

不意に、山本のスマホが震えた。莉子からだった。

「遅くなってごめんなさい。料理教室に通っていて、今日はオムライスを習っていたの。今はどこにいるの？」

「仁淀川の河原だ」

「あら、すごーい」

「今は土佐酒を飲んでるよ」

「ええっ、県外で手術したばかりでしょ。すぐに迎えに行くわ」

「もう夜中だよ」

「大丈夫よ。太陽車の空飛ぶタクシーを使うから」

莉子は五分もかからぬうちにやってきた。

「今夜はうちに泊まってね」

「河原に愛車を置いていけないよ」

「大丈夫、ほら、ヘルメットをもってきたの。ワタシが運転するわ」

髪をヘルメットに収めた莉子が、ひらりとバイクにまたがった。

カッ、カッ、カッ、パラッ、パラッ、パラパラララ……。

「さあ、気をつけて乗って」

ダッカン、ダッカン、ダダダドドドド……。

莉子と山本を乗せたバイクが走り出した。川風がごうと吹き抜ける。山本は背もたれに寄りかかった。

「沢村君は元気か？」

「うん、もうすぐ一緒に東京に行くのよ」

「そうか、いよいよ沢村家への報告か」

——どうやら、莉子のマリッジブルーは心配ないようだ。

「♪ハッピーバースデートゥーユー……」

不意に、莉子が定番の曲を歌い始めた。日付が変わって山本の誕生日がきたのだ。最先端の若返り手術を受けた山本は、二十歳レベルの元気な百歳になった。全身の細胞にミトコンドリアを補充したのだ。莉子は山本の自慢のひ孫。ボランティアが生きがいで、青年団のアイドルでもある。そしてもうすぐ、恋人の沢村旬《しゅん》と結ばれようとしている。

――さあ、これからの人生も濃く太く生ききるぞ。

満天の星空を仰ぎ見た山本は、夢のような健康長寿社会が実現した幸せに浸っていた。

迷信の壺《つぼ》

スキンヘッドのボスが、子分のマサとサブを呼びつけた。ヤンキー崩れの二人は、まだ半人前の詐欺師だ。

「いよいよお前たちに本来の仕事を与える。花咲町での表札泥棒などは、単なる度胸づけの遊びだ。いいか、気合を入れてしっかりやれ！」

「はい！」

「マサ、お前は金持ちに取り入っているらしいな」

「はい、なおみというバアさんです」

小柄なマサがピンと背筋を伸ばした。

「よし、バアさんなら好都合だ。この迷信の壺を百万円で売ってこい」

「迷信って何ですか?」

「昔からの非科学的な知識だよ。だが、年寄りは気にするものだ。そこにつけ込んでサブと二人で騙《だま》してこい」

丸椅子に座るボスが、得意げに段取りを話し始めた。

「決行は夜だ。まずは、あいさつ代わりにバアさんの髪に生花を挿せ。生花を挿すと、早死にするという迷信があるからな」

「あのバアさんに早死になんて言っても」

「うるさい! これから悪い迷信を続けるのだ。次は窓を開けろ。そこには仕込んでいた霊柩《きゅう》車が停まっている。バアさんは親指を隠すだろう。そうしないと親が死ぬからな」

「もうとっくに死んでいると思います」

「こら! いちいち話の腰を折るな。次は、窓から蜘蛛《くも》が入ってくる。夜の蜘蛛は地獄の使いなのだ」

「そんな都合よくいきますか？」

「それも仕込みだ。サブ、お前が蜘蛛を放り込め」

「お、俺が……」

大柄なサブは蜘蛛が大の苦手だった。

「次は、マサが爪を切れ。バアさんは、夜爪を切ると親の死に目に会えないと言うだろう。それを無視して切り続け、切った爪をその場で燃やせ。バアさんは凶事が起こるとあせるはずだ。そこで櫛《くし》をばら撒《ま》くのだ。櫛を拾うと魔にとりつかれるというからな。これだけ悪い迷信が続くと、バアさんはもうパニクっているはずだ。そのタイミングで口笛を吹け。夜の口笛は蛇を呼ぶんだ。そこで、サブが窓から蛇を放り込む」

「ええっ、それはムリ……」

「毒のない蛇だ。そのくらい我慢しろ。これは百万の仕事だぞ。このところ俺の財布はすっからかんだ。藁《わら》にもすがる思いで、新興宗教にも入ったくらいだ。いいか、このあとはマサが蛇を捕まえて壺に入れろ。入れたら壺の効能を語れ。悪い迷信がよいものに変わると熱く語るのだ。そして壺をよく振りながら蛇を出せ。蛇は白蛇になっているぜ」

「そ、それって蛇紋山《じゃもんざん》の蛇の化け物？　マジすか？」

「お前が驚いてどうする。壺に白い塗料を仕込んでおくのだ。白蛇を見るといいことがあるという迷信が決め手となり、バアさんは百万で壺を買うぜ」

「そうっすね。すんげー」

「ボス、かっけー」

「こらっ！　タメ口をきくな！」

「す、すみません」

かくして「迷信の壺詐欺」が決行された。


翌朝のこと。やつれた顔のマサとサブが、霊柩車に乗って帰ってきた。

「おいおい、顔が暗いぞ」

ボスが交互に二人を睨《にら》みつけた。背筋を伸ばしたマサが、表情を曇らせたまま話し始める。

「バアさんは迷信を全然気にしませんでした。生花を喜んで髪に挿し、手鏡で眺めるのです。おまけに、高級なコートを羽織ってモデル気分でした」

「おかしいな」

「それが……」

力なく微笑んだマサが、バツの悪そうな顔をして頭をかいた。

「あのう、なおみバアさんは、ＮＡＯＭＩという外国人でして」

「何だと、先にそれを言え！」

「迷信は世界共通かと」

「アホか！」

「ただ、最後の白蛇には驚いて尻餅をつきました。でも、それでキレてしまって」

「なぜキレたんだ？」

「尻餅で手鏡を割ってしまったのです。バアさんの国では、鏡を割ると死ぬまで不幸が続くらしいです」

「そんなこと知るか」

「あわてたバアさんは手鏡を壺に入れました。でも、取り出しても割れたままですし、真っ白で何も映らなくなっていて、警察を呼ぶと騒ぎ出しました。その最中に天井から蜘蛛が落ちてきたり、部屋を白蛇が這《は》いまわったり、絨毯《じゅうたん》やカーテンが燃え始めて大騒ぎに……」

「はあ？」

「原因は、爪を燃やした残り火です。バアさんのコートで叩《たた》いて消しましたが、高級品が黒焦げです。バアさんはまた警察を呼ぶとそれはもう大暴れです。それに、最先端の若返り手術を受けていて元気すぎるのですよ。朝まで必死でなだめて、やっと条件付きで解放されました」

「バカヤロー！」

ボスがあらん限りの声で怒鳴った。

「それでバアさんの条件とは？」

二人が「ははーっ」と、同時にひれ伏した。

「死ぬまで不幸が続く慰謝料、警察への口止め料、あとは絨毯、カーテン、コートなどの弁償と合わせて一億円払えと……」

珍獣の習性

「おおっ！　すごいのがいる」

電子双眼鏡をのぞいた西が目を見張った。超光速宇宙船を操り、金になりそうなものを探していた旅でのこと。銀河辺境の惑星で、見たこともない珍獣を発見したのだ。それは緑の草原にいた。元花咲大助手の西は、ゆっくりと慎重に珍獣に近づいていった。

――見た目はペットとして理想的かも。

目の周りの模様が、黒目が大きいタレ目だった。体は、柔らかそうなモフモフした体毛に覆われている。どう見ても顔がパンダで体はアルパカだったのである。

「人気者の合体だ。パンパカと命名しよう」

パンパカは、鼻をクンクンいわせ西にすり寄ってきた。ゴロゴロと喉を鳴らし、短い尻尾を振り続けている。さらに、西をひょいと背に乗せ歩き回ったりもした。モフモフした毛は、手触りも優しいものだった。パンパカは首を傾げたり、足をクロスさせたり、ときには仰向けで腹を見せたりもした。

――地球に連れて帰ろう。絶対に売れる。

しかし、パンパカを宇宙船に乗せると、ブザーが鳴った。重量オーバーだったのだ。これでは超光速航法はできない。

西は、予備の水や食料や衣類のストックを捨てた。燃料や酸化剤もギリギリの量まで減らした。そのまま残したものは、まさかのときの麻酔銃のみだ。それでも、あと二キロのオーバーだった。

――仕方がない。二キロ以上絞ろう。

西は食事制限をして、筋トレと有酸素運動も始めた。運動音痴の西には、かなりハードな減量である。

その様子を見ていたパンパカも、西を応援する行動を見せた。長いジョギングの後のこと。西をねぎらうようにペロペロと舐《な》め、ひょいと背に乗せて宇宙船まで送ったのだ。その様子は嬉々《きき》として、スキップするような足取りだった。

——何てかわいい珍獣だ。

ますますがんばり続けた西は、何とか二キロ以上の減量に成功した。

「パンパカよ、いっしょに地球に行こう！」

うれしそうに西を背に乗せたパンパカは、いつも以上に跳びはねた。

「おいおい、やめろよ。ロデオじゃないんだから。うあっ！」

たまらず振り落とされた西に、熱い視線を送ったパンパカは……。


その後、西の宇宙船が超光速航法で地球に帰ってきた。全身傷だらけの西は、右目にアイパッチまでつけていた。麻酔の効いたパンパカはスヤスヤと眠っている。

西は、宇宙生物学の教授に調査を依頼した。その結果、パンパカの奇妙な習性が明らかになったのである。

「君は危ないところだったね」

教授が、おもむろに口を開いた。

「いやあ、麻酔銃を残していたので助かりました。豹《ひょう》変したパンパカが、歯をむき出してきたので」

「結論としては、ペットには不適な猛獣と報告させてもらうよ。それとねえ、君の恩師だった宝田教授は私の親友でね」

「ええっ」

「彼から預かった手紙を渡すよ」

手紙を見た西は息を止めたまま固まった。

『要点だけ伝える。パンパカを花咲町に寄付しなさい。もし断れば、花咲警察署に宝くじの盗難届を出す。宝田より』

今、パンパカは廃校ホラー館改め「廃校宇宙ホラー館」で一般公開されている。連日、押すな押すなの大盛況だ。用意された頑丈な檻《おり》には、目立つ看板が掲げられていた。

『猛獣注意！　自分より軽い動物を襲う習性があります』

カミン星

スキンヘッドのボスは、子分のマサとサブを引き連れて宇宙海賊になっていた。NAOMIバアさんに払う一億円を稼ぐためである。

三人が乗る超光速宇宙船は、高度な文明を持つ星にやってきた。通称カミン星といわれる銀河の中心にある惑星だ。

「コノワクセイノ　ジュウニンタチハ　ソノナマエノトオリ　カミンチュウデス」

モニターに星図が表示され、宇宙船ナビの音声ガイドが流れた。

「昼間から仮眠中とはチャンスだ」

三人は勇んでカミン星に降り立った。そこはすべてが曲線で囲まれた、まるで未来アートのような住宅地だった。

「しかし、それにしても暑いな」

真夏の陽射しが、容赦なくボスのスキンヘッドを直撃した。

「ボス、暑いはずです。ほら、太陽が二つも出ていますよ」

「おおっ、宇宙は広いな」

羽振りのよさそうな家に忍び込んだ三人は、何度も汗を拭《ぬぐ》いながら金目のものをゲットした。

季節は変わり冬になった。その後の三人は、たいした成果もなく広い宇宙をさ迷っていた。

「一億稼がないと花咲町に帰れない。よし、またカミン星に行くとするか」

「そうっすね。すんげー」

「ボス、かっけー」

「こら！　タメロをきくな」

「す、すみません」

かくしてカミン星に降り立った三人は、また羽振りのよさそうな家に忍び込んだ。ところが、カミン星人の家族全員が起きていた。あたりには警報が鳴り響く。あせる三人に、カミン星人の黄色い目が向けられた。三人は足をもつれさせながら逃げたが、追いかけてきたカミン星人に捕まった。おまけに、監視カメラをチェックされ、夏の盗みまでバレてしまったのである。

「くそぉ、今度は仮眠せずに騙《だま》しやがって」

荒い息をつきながら毒づくボスに、万能翻訳機を通して苦笑まじりの答えが返ってきた。

「我々は仮眠などしない。暑い夏だけ、夏眠をするのだよ」

宇宙ロードサービス

こってり油を絞られた三人は、カミン星人からやっと許されていた。それでも懲りない三人は、また宇宙を飛び回って悪事を働いていた。その結果、何とか目標の一億を手にすることができたのである。

ところが、酷使した宇宙船がエンジントラブルを起こした。照明の半分が消え急に失速した宇宙船は、もはや爆発を待つばかりとなってしまったのだ。スキンヘッドのボスが、超高速無線のＳＯＳボタンを押すと「救急隊到着まで一週間かかります」という絶望的な返事だった。ボスは、ワン星人の宇宙ロードサービスにしたことを後悔した。

「おいおい、グレイ教のおススメだったぜ。こらっ！　ワン公、何とかしろ！」

「追加料金を払えば、備え付けの脱出船が使えます」

「おおっ、払うよ。早く脱出船のロックを解除してくれ」

「了解です。念のため、避難する惑星についての説明を」

「アホか！　そんな時間はない」

あわてた三人が脱出船に乗り込んだ。盗んだ金目のものも詰めるだけ詰め込んだ。三人を乗せた脱出船は、まもなく未知の惑星に着陸した。そこは、茶色のグラデーションが続く平らな地面だけだった。表情を曇らせた三人は「水と食料を探さねば」と、各方面に散らばった。しかし、どこまで行っても山も川も湖も海もなかった。動植物の姿もなく、空の雲まで一ミリも動かない。結果、数日のうちに全員が命を散らしてしまったのである。

一週間後のこと、ワン星人の救急隊が到着した。くまなく惑星を調査した部下が、隊長に報告を上げた。

「パンケーキ地区、炊き込みご飯地区で各一人、この地区では一人、計三人がお亡くなりになりました」

「亡くなってまだ日が浅いので、最新の蘇《そ》生手術は可能だな。金は持っているのか?」

「脱出船には、かなりの金目のものが残っていました」

「よし、それなら助けてやるとするか。しかし、ここで餓死するとは情けないことよ」

ブルドック顔の隊長が、足元の土の塊を口に入れた。

「うん、ジューシーな旨みだ。地面さえ食べていたらなあ」

「重要な説明を聞かなかったのが原因です。我が社に非はありません」

チワワ顔の部下が、濡《ぬ》れた鼻をヒクヒクさせた。

「全くだ。人間の鼻の鈍さにもあきれるよ」

ビューンと近づいてきた雲が、隊長の頭上で止まった。地面を食べるとすぐに動くシステムだ。雲は黄金色の雨を降らせた。口を開けた隊長が、それを喉に流し込む。

「うん、ベーコン地区には、やっぱりビールが合うな」

目を細めた隊長が、その短い尻尾を振った。

救世主

沢村旬《しゅん》のおばあちゃんが天に召された日のこと。

見るからに悪人面《づら》の宇宙人が地球にやってきた。大きな頭に三つの目、灰色の肌をしたグレイ星人である。その宇宙船団は日本を覆う厚い雲の上にいた。ひときわ大きな母船の中で、三つ目を吊《つ》り上げた司令官が部下たちに命じた。

「この地球には、様々な神がいるという珍しい特徴がある。眼下に見下ろす日本だけでも、八百万《やおよろず》の神というくらい多くいる。神はディープな存在だ。我々の科学をもってしても、いまだに解明されていない。人間などは恐れ敬うだけで、何もわかっていないはずだ。そこで、我々が神になるという計画を立てた。そのため新しいグレイ教を立ち上げるのだ。そして、信者を増やしていく。その数をバックに政界に進出する。政治的権力を握れば、もうこっちのものだ。そのタイミングを見計らって、我々の存在を公にする。その後は、巧妙に法の網をくぐり抜けながら、我々に有利な条約を押しつけていく。無益な血を流すことなく、合法的に植民地にしていくわけだ。まあ、人間などはちょろいものだ。小さな脳に目が二つだけの毛がない猿だからな。それに我々の植民地になれば、人間の文化もレベルアップする。誰もが、今より快適で豊かな生活ができるのだ。まさにウィンウィンの関係だよ。さあ、ものども、今から計画を遂行せよ！」

オレンジ色の閃光《せんこう》が走り、おびただしい数のＵＦＯが世界中に飛び去っていった。花咲町の蛇紋山《じゃもんざん》にも、司令官を乗せたＵＦＯが降りてきた。司令官は、目立たぬ田舎の町を本部としたのだ。ＵＦＯが着陸した近くには、荒れ果てた小屋があった。その昔、山賊が使っていた山小屋だった。

グレイ教は、またたく間に世界中に広まった。その教義は矛盾なく完璧だ。さらに、圧倒的な科学力も見せつけた。各種のロボット、安価な家電、太陽車、若返り手術、超光速宇宙船などなど。これらを効果的に提供しながら、人々を巧みに操り洗脳していった。

グレイ星人の計画はとんとん拍子に進み、あっという間に信者の数は激増した。キリスト教、イスラム教、仏教などを超える勢いだった。そして世界中の政治に深く食い込んでいく。信者の中には、一国のリーダーにまで昇り詰める者もいた。

ところが、グレイ成人の計画は突如破綻した。とあるお方の逆鱗《げきりん》に触れたのだ。そのことにより、グレイ星人の企《たくら》みは世界中に知れ渡ってしまった。一時は蜂の巣をつついたような騒ぎになったが、各国は危機感を共有して一致団結した。長い人類史上初めての出来事だった。

これにより、グレイ教はカルト宗教として弾圧された。それに抵抗する信者は、投獄されることとなったのである。

晴れ渡った青空のもと、花咲公園の桜はこの日を待ったように満開だった。心地よく吹く風に包まれた園内は、花咲町の住民で溢《あふ》れかえっている。

「皆さん、今年の花見は、グレイ星人が逃げ去ったお祝いも兼ねています。我が町の廃校宇宙ホラー館も、パンパカのおかげで潤っています。このよき日に、わしと、もとい、私といっしょに楽しみましょう！」

赤ら顔の二宮町長が、声高らかにスピーチを締めくくった。わっと歓声が上がって拍手が鳴り響く。どの顔も春風にほころんでいる。その中に、新婚の沢村旬・莉子《りこ》夫妻もいた。このハレの日に広げるのは、莉子手作りのオムライス弁当だ。

「この桜は、ボクのおじいちゃんがボランティアで植えたらしいよ。天国のおばあちゃんに教えてもらったんだ」

「あら、すごーい」

旬の小学校教員採用も決まり、莉子のお腹には新しい命が宿っていた。

二人の周りを囲むように、たくさんの花見客の輪があった。町内の一ノ瀬産業、青年団、警察、小中学校、カーセンターなどなど。ひときわ目立つのは大学のグループだ。苦労の末に、日本一を勝ち取った二人が招かれていた。格闘家の力也と障害物マラソンの早田《はやた》だ。輪の中心にはフルーツの樹が置かれている。今日は縁起のいい桃の実をつけていた。

「キャー！」

黄色い声が上がり、仮設ステージに凹凸コンビが登場した。今や大人気の二人組が歌い始めると、はじけるように若者たちが踊り出す。そこへ大人たちも次々に合流する。軽快なリズムに乗った老若男女の大集団。もう、よさこい祭り以上の賑《にぎ》わいだ。参会者の誰もが光の中にいた。

「例年以上にすごい残飯だね。まるで残飯バイキングだ」

四つ葉のクローバーがある茂みに、桜色の蝶ネクタイをした群れがいた。

「おっしゃるとおり」

「それでは、残飯バイキングに拍手！」

暗い茂みの中で、ゴキブリたちが一斉に羽をばたつかせた。

地球から撤退するグレイ星人たちは、誰もが無口で船内はしんと静まりかえっていた。

母船内では、司令官が悔しげにつぶやいた。

「蛇紋山の蛇の化け物は退治してやった。神になれなかった動物霊などはちょろいものだ。しかし、あんなヤツが潜んでいたとは……」

船団は、銀河の漆黒の闇を超光速航法で飛び続けていた。

「おい、調べはついたか」

部下を呼びつけた司令官が、苦々しげに唇をゆがめた。

「は、はい」

うなだれた部下の調査局員は、三つ目をしょぼつかせながら答えた。

「ヤツの正体は、蛇紋山の……」


ここは蛇紋山の荒れ果てた小屋の中。がらくたまみれの押入れに救世主はいた。

痩せこけて粗末な身なりの老人だが、八百万の神の一柱《ひとはしら》だった。その神が厳かに口を開いた。

「もう少しで、誰もが今より快適で豊かな生活をするところだった。そんなことは絶対に許さん！」

未だにお怒りの神が、ピシャンと半開きだった押入れの襖《ふすま》を閉めた。

「おっしゃるとおり」

「それでは、地球を救った神様に拍手！」

暗い押入れの隅で、ゴキブリたちが一斉に羽をばたつかせた。

蛇紋山のふもとにある花咲神社では、八木宮司が救世主に感謝を伝えていた。

「今さらながら、八百万の神様は奥深い存在であられることを実感いたしました」

正座をした八木宮司が、蛇紋山のほうに向かってひれ伏した。

「この町を、いや、この地球をお救いくださった貧乏神様。ああ、偉大なる貧乏神様、誠に、誠にありがとうございました」

本殿に入る風が、光の粒を明るく舞い上がらせた。

あとがき

　本書は、私の五冊目のショートショート集です。節目の五冊目ということで、長年温めていたアイデアを形にしました。それは「三十六篇のショートショート集でもあり、各章ごと四篇の短編小説集でもある。おまけに、ラストにはすべてがつながり、一篇の小説にもなるという構成です。このような連作ショートショートを、私は勝手に「ＬＳＳ」と呼んでいます。（ロングショートショートの略）
　今の時代、ＡＩにショートショートを書かせる取り組みもあります。新たなＡＩ作家の作品も楽しみですが、本書のようなＬＳＳは、簡単には書けないかもしれません。それだけに、この『花咲町奇談』を「くすり」「どきり」「ほっこり」と、楽しんでいただけたら幸いです。

長年勤めた経験もあり、今回も学校が舞台となる作品を多く収録しました。昔の同僚からは「てっきり算数の本を書いたのかと思った」と驚かれたことがありました。確かに、現役のときの私は算数科が専門でした。国語科ではありません。でも、それも意外なオチと考えればショートショート的ですね。

また、教え子からは「学校ではこんなこともあったのですね」と真顔で言われたこともありました。もちろん、どの作品も創作です。文楽の人間国宝、七世竹本住大夫が言われた「うそをまことしやかに語るのが芸」という言葉もあります。本当のことを本当に書いても、おもしろい作品にはならないでしょう。

最後に、本書の出版に関して、書肆侃侃房の田島安江さんには、大変お世話になりました。厚くお礼を申し上げます。

目代雄一

本書の作品はフィクションです。もし同一の名称があった場合も、実在する人物・団体等とは一切関係ありません。

初出一覧

Ⅰ章

飛び出す絵本旅	季刊高知No.80初出
前兆	季刊高知No.81初出
長編	季刊高知No.86初出
またの名	季刊高知No.52初出
フルーツの樹	季刊高知No.83初出

Ⅱ章

校長の川柳	季刊高知No.73初出
雨中の指導員	季刊高知No.85初出
高知妖怪日記	季刊高知No.79初出

Ⅲ章

ごちゃごちゃ昔話	季刊高知No.84初出
遊具の幽霊	季刊高知No.82初出
大先輩	季刊高知No.71初出
小さな奇跡	季刊高知No.82初出

Ⅳ章

カミン星	季刊高知No.86初出
宇宙ロードサービス	季刊高知No.85初出

※本書は、初出に加筆修正したものを掲載しました。
その他の22篇はすべて書き下ろしです。

著者プロフィール
目代 雄一 （もくだい・ゆういち）
高知県生まれ。学校勤務を経て、現在はショートショート作家。著書に『開けてもいい玉手箱』『切手の贈り物』、『森の美術館』、『デビルの仕業』があり、単行本とともに電子版も配信中。

装画 坂田 優子
装幀 大村 政之（クルール）
DTP 藤田 瞳
編集 田島安江

ショートショートの小箱4
花咲町奇談

2023年2月7日 第1刷発行

著 者 目代 雄一
発行者 田島 安江
発行所 株式会社 書肆侃侃房（しょしかんかんぼう）
〒810-0041 福岡市中央区大名2-8-18-501
tel 092-735-2802 fax 092-735-2792
http://www.kankanbou.com info@kankanbou.com
印刷・製本 亜細亜印刷株式会社

ISBN978-4-86385-559-5 C0093

ショートショートの小宇宙にはまった人は別の人生を生きている気分になれる！
今度、思いもよらない穴に落ちるのはあなたかもしれない。

ショートショートの小箱
「森の美術館」 目代雄一

四六判並製、168ページ　定価：本体1,300円＋税
ISBN978-4-86385-230-3　C0093　2刷

時には鬼、宇宙人、幽霊、妖怪、死神、地底人、デビル……などなどの奇妙な者たちの道案内であなたは「にやり」「どきり」「ほろり」の世界とその余韻が楽しめます！全39篇。

読者の心をくすぐるショートショートの小宇宙。思わず引き込まれる！そして最後に誰もがにんまり。「なるほど、そうきたか！」

ショートショートの小箱2
「切手の贈り物」 目代雄一

四六判並製、176ページ　定価：本体1,300円＋税
ISBN978-4-86385-316-4　C0093

じんわり怖い、ちょっぴりホッコリと……
小箱には余韻が残る33話が詰まっています。

『森の美術館』『切手の贈り物』に続く第3弾！
さぁ、不思議な世界へひとっとびしてみましょう。

ショートショートの小箱3
「開けてもいい玉手箱」
目代雄一

四六判並製、160ページ　定価：本体1,300円＋税
ISBN978-4-86385-439-0　C0093

あなたが出会うのは、命を狙う死神？ 教え子思いの先生？遠い国のお姫さま？時をもどす宇宙人？それとも、玉手箱から出てくるのは……。